［日］小川糸 ◎著

廖雯雯 ◎译

洋食小川

Original Japanese title: YOSHOKU OGAWA
© 2019 Ito Ogawa
Original Japanese edition published by Gentosha Inc.
Simplified Chinese translation rights arranged with Gentosha Inc.
through The English Agency (Japan) Ltd. and Qiantaiyang Cultural Development (Beijing) Co., Ltd.

© 中南博集天卷文化传媒有限公司。本书版权受法律保护。未经权利人许可，任何人不得以任何方式使用本书包括正文、插图、封面、版式等任何部分内容，违者将受到法律制裁。

著作权合同登记号：图字 18-2023-309

图书在版编目（CIP）数据

洋食小川 /（日）小川糸著；廖雯雯译 . -- 长沙：湖南文艺出版社，2024.3
　　ISBN 978-7-5726-1596-2

Ⅰ . ①洋⋯ Ⅱ . ①小⋯ ②廖⋯ Ⅲ . ①散文集－日本－现代 Ⅳ . ① I313.65

中国国家版本馆 CIP 数据核字（2024）第 015494 号

上架建议：畅销・日本文学

YANGSHI XIAOCHUAN
洋食小川

著　　者：	［日］小川糸
译　　者：	廖雯雯
出 版 人：	陈新文
责任编辑：	张子霏
监　　制：	邢越超
策划编辑：	李彩萍
特约编辑：	王　屿
版权支持：	金　哲
营销支持：	文刀刀
装帧设计：	梁秋晨
封面插画：	［日］akikoba
内文插画：	［日］芳野（Yoshino）
内文排版：	百朗文化
出　　版：	湖南文艺出版社
	（长沙市雨花区东二环一段 508 号　邮编：410014）
网　　址：	www.hnwy.net
印　　刷：	三河市中晟雅豪印务有限公司
经　　销：	新华书店
开　　本：	875 mm × 1230 mm　1/32
字　　数：	119 千字
印　　张：	7.25
版　　次：	2024 年 3 月第 1 版
印　　次：	2024 年 3 月第 1 次印刷
书　　号：	ISBN 978-7-5726-1596-2
定　　价：	49.80 元

若有质量问题，请致电质量监督电话：010-59096394
团购电话：010-59320018

CONTENTS

目录

- 001- 1月4日 元旦日出
- 006- 1月8日 试做百合根意面团子
- 011- 1月16日 风信子
- 015- 1月26日 新年始笔
- 020- 2月4日 立春大吉
- 024- 2月11日 祖母的桐木衣橱
- 028- 2月22日 行将五年
- 032- 2月26日 企划书
- 035- 3月3日 台湾情结
- 039- 3月14日 人力不可为之物
- 045- 3月17日 春色
- 047- 3月24日 点心,要吃吗?
- 051- 3月27日 春日涮锅

洋食小川

054-	4月2日	活字
059-	4月5日	穆希卡先生！
063-	4月10日	犬之环
069-	4月14日	咖喱日
074-	4月17日	书信时间
078-	4月28日	不愧是镰仓
082-	5月6日	烹饪、烹饪、品尝、烹饪
085-	5月20日	在"书与coffee"咖啡馆
089-	5月31日	擦拭、擦拭、擦拭、擦拭
092-	6月6日	去镰仓
097-	6月14日	今年夏天
101-	6月17日	年满六十九
105-	6月19日	绿意盎然
111-	6月27日	《我的祖国》

目录

117-	7月1日	参加夏至祭
120-	7月2日	宠物犬二三事
127-	7月4日	卡露纳老师
131-	7月10日	拉脱维亚制造
136-	7月15日	物物交换
140-	7月19日	宠物犬美容师出差中
144-	7月24日	个人美术馆
148-	8月2日	正义感
153-	8月9日	游湖
159-	8月15日	莫里尔女士的作品
163-	8月22日	拉赫玛尼诺夫之夜
166-	9月1日	言语的障碍
170-	9月5日	数次试炼
173-	9月10日	还记得吗？

178-	9月19日	《夫妇潘多拉》
182-	10月2日	是周日哟！
185-	10月10日	栗子饭
189-	10月26日	《希特勒回来了》
193-	10月27日	锅的逆袭
197-	11月2日	霜月
201-	11月5日	BUTAKAN
205-	11月24日	文学祭
209-	11月29日	所谓父亲
214-	12月9日	洋食小川
218-	12月19日	写作这件事
223-	12月29日	《将花束献给你》

1月4日 元旦日出

元旦清晨，我早早地起了床，想要观赏新年的第一场日出。

拉开窗帘，月亮依旧挂在西边的天空上。

接下来，天空一点点变得明亮，太阳从对面的公寓背后露出了脸庞。

"希望今年也是美好、顺利的一年！"

我怀着比往常更加郑重的心情，朝向太阳合掌许愿。

屠苏酒是企鹅爱喝的，因此我不得不准备。

"还是别喝了吧？"一旦我如此建议，就会换来他的横眉怒对。

往年，每次按照菜单上注明的量准备年节菜，我们总会剩下将近一半，实在浪费，于是今年我严格控制了年节菜的分量。

将屠苏散加入日本酒里，浸泡一夜，第二天早晨再放点甜料酒进去，屠苏酒便制成了。

因为有了屠苏酒，从正月开始，企鹅的心情一直很美好。

某个瞬间，我忽然来了灵感，尝试把剩余的屠苏散装在类似茶包的袋子里浸到白葡萄酒中，滋味竟然还不错，有点像法国的药酒。

对我来说，比起正宗的屠苏酒，我更喜欢这种鸡尾酒般的"屠苏酒"。从明年起，我自己的那份屠苏酒就用白葡萄酒做吧。

顺便一提，刚才我查了查屠苏散：所谓"屠苏"，即"屠去邪气，苏醒身心"，一般来说，屠苏散由白术、山椒、防风、桔梗、肉桂、陈皮等中草药制成，有暖身、调节肠胃功能、预防感冒等作用。

这些是我学到的新知识。

根据民间的说法，若是能在新年伊始饮下屠苏酒，那么一整年都会健健康康。

在元旦当天，我看的是《追寻那天的声音》，第二天看了《奇迹的两千英里①》。这两部电影作品都非常精彩，《追寻那天的声音》尤其不错。

以纳粹德国士兵屠杀犹太人为题材的《再见，孩子们》《莎拉的钥匙》我也很喜欢，一直在等DVD（数字化视频光盘）版上市，以便反复欣赏。

电影《追寻那天的声音》的故事地点设在车臣共和国。

1999年，车臣遭到俄军入侵，死伤无数。九岁的主人公哈吉亲眼看见双亲被俄军射杀，接着便失去了自己的声音。

哈吉以为姐姐已同父母一道遇害，于是带着尚未学会走路的幼弟逃出了家门。将弟弟寄养在别人家后，他孑然一身，四处漂泊。

正当哈吉饥肠辘辘地在镇上流浪时，来自法国的欧盟工作人员卡罗尔向他伸出了援助之手。卡罗尔见哈吉没法用语言和

---

① 英里：英美制长度单位，1英里等于5280英尺，合1.6093公里。

外界沟通，便将他带回了自己家里，与他一起生活。

　　这部作品将战争的残酷淋漓尽致地展现了出来。它将原本在俄罗斯过着普通生活的青年，是如何被迫入伍，最终成为杀人兵器的过程，呈现得十分深刻。

　　事实上，至今仍有不少平民深陷于国与国的战争或是内战之中，处境悲惨，每次想到这里，我的胸口便隐隐作痛。

　　2016年，哪怕世界能变得稍稍和平一点也好，我如此期待着。然而总是会听到令人悲伤的新闻，以致我忍不住害怕，是不是第三次世界大战快要爆发了？

　　有观点认为，难民的外流与厄尔尼诺现象的发生不无关联，因此我想，难民问题绝不仅仅是别国的事，它与我们的日常生活息息相关。

　　在今后的日子里，我们必须将这一现实牢记于心。

　　今年也有选举可以看。感觉今年会是课题颇多的一年。

　　依照惯例，今天晚些时候，我们将和住在石垣岛的公婆一起举办新年会。

　　去年因为我患了感冒，新年会临时取消了，算起来家里也有近两年没热闹过了。

　　昆布平今年已是一名初中生。顺便告诉大家，无论是昆布平，还是我的那些外甥女，我都从未给过他们压岁钱。

　　我向来认为，给家境优渥的孩子发压岁钱，没有任何意义。大概他们会觉得我是个吝啬的姨妈吧？

　　相较而言，我更愿意为那些贫困的孩子提供援助，这才是更有意义的做法。

　　不过，我还是给百合音发了"压岁钱"。它一脸愉悦，吃得很香。没多久便将食物吃得干干净净。

　　今年也请大家多多关照我与百合音！

1月8日

试做百合根意面团子

清晨，我在报纸上读到森公美子的采访文章，禁不住热泪盈眶。

为了成为职业歌剧演员，她只身前往米兰的音乐大学留学。

然而当她回过神，却发现自己终日碌碌，只不过是在完成规定的课业。

为此她烦恼不已——身为一个日本人，自己真的能够发自内心地理解歌剧吗？思前想后，她给远在老家的父亲打了一通电话。

"我觉得自己无法成为优秀的歌剧演员。"

面对情绪沮丧的女儿,她的父亲这样对她说:"你就当自己是意大利人,试着像他们那样生活。等你回来的时候,如果能随手给爸爸做两三道意大利菜,就足够了。"

听完这番话,森小姐如释重负,不再只围着课业打转。

为了实现与父亲的约定,她跑去酒吧找大叔聊天,向邻居阿姨学习做菜……没过多久,便讲得一口流利的意大利语了。

这是多么温柔的父亲啊!

得益于他的一席话,森小姐才能卸下肩上的重担,虽然绕了道,但是目睹了原先一味逞强的自己没法看见的风景。

今年,我也打算四处"闲逛",学做"无用功"。

说起来,刚才我在上网查资料的时候,企鹅问我:"在查什么呢?"

"我在想,百合根要怎么做才好吃呢?"

听完我的回答,企鹅半天说不出话来。

看来,他是将百合根误当成百合音①了(我家爱犬的名字写

---

① 日语中,"百合根"与"百合音"的发音相同。

作百合音）。

怎么可能是他想的那样呢？

稍微思考一下，也能明白我在说什么吧？

如今，我家可是存放着许多名为百合根的蔬菜呢。

它们来自北海道的新雪谷町，个头饱满，新鲜有弹性。

不过，它的发音确实和我家爱犬的名字相同。

虽说百合根天妇罗很是美味，但勾芡的浇汁百合根的滋味也很醇浓。

吃在口中暖暖的，带着回甘，让人欲罢不能。

百合音似乎对这道料理非常好奇，不停地用鼻子嗅着，一副垂涎欲滴的模样。

家里之前收到了一个箱子，里面密密实实地放着许多百合根。我分了一些给邻居，可是依旧剩下不少，便想着上网查一查，看怎么做才好吃。

下次尝试做百合根意面团子。

今天，百合音去了狗狗幼儿园，这是它今年第一次"上学"。

负责照料了它一年多的驯犬师由于去年的课程排得太满，已经辞职，从今年开始，百合音改为每周五去幼儿园。

也不知道它与新来的驯犬师合不合得来，能交到新朋友吗……

一整天我都惴惴不安，简直就像个宠溺子女的糊涂母亲。

因为百合音不在家，所以傍晚时分，我出发去照相馆取照片。

是我们与狗狗"可乐"的家人合拍的纪念照，四人和四犬。

不出我所料，照片上的可乐大大方方地直视着镜头。

照相馆的老板告诉我，他从未有过同时给四只宠物犬拍照的经历，因此拍了很多，乐在其中。

说真的，当时的我们也感到很开心。

所有人的表情都棒极了。

我觉得，大家一块儿来照相馆认认真真地拍照，是非常明智的选择。

这会成为我们一生的纪念。

在幼儿园，驯犬师会以影像日记的形式，详细记录当天百合音的种种行为，给它拍照、录制视频。

观看这些影像是我的乐趣所在，从今天最棒的一张照片上，我看见了在遛狗场上奔跑的百合音。

很久之前我就觉得，也许，百合音上辈子是只兔子？

瞧它奔跑的动作，与兔子相差无几。

此外，由于今年是申猴年，百合音与它的新伙伴胡桃留下了一张合影。

待在幼儿园时，百合音有着属于幼儿园的表情，和在家中的它相比，隐约有些不一样。

不过，无论如何我也不会吃掉它吧。

误解也该有个度嘛。

1月16日

风信子

咦？怎么感觉今天和昨天有点不同？我这样想着，猛地抬起头，发现家里的风信子开花了。

一周前，我刚好从花店门口路过，进去买了一束风信子。

那时候，它硬邦邦的身体尚且蜷缩着，后来每天抽一点嫩芽，终于在今天绽放了。

不过，我虽喜欢观赏风信子，却受不住那股花香。

因此，对不起，虽然你难得开了花，却只能连同花瓶一块儿被我移到卫生间去。

对我而言，这样的香味太过刺鼻。

转念一想，这世间的一切，都给人气味渐浓的感觉。

最明显的就是在搭乘计程车时。

那种人工制造的芳香剂的味道扑鼻而来。在我看来，那甚至算不上是"香味"，而是"臭味"。

即便只搭乘很短的一段距离，也会让我头痛不已。

所以，哪怕天寒地冻，我都会坚持开车窗，让车外的新鲜空气钻入肺腑。

我想司机们的嗅觉大概已经麻木了，可每天数小时闻着那股味道，应该会损害健康吧？真是让人担心。

比起芳香剂的味道，我宁可忍受满身汗味。

还有烟味，也的确令人不快……

对我而言最理想的状态是：搭乘没有任何气味的计程车。

不过，那些芳香剂可能是专为乘客提供的某种"服务"，大部分客人应该都会欣然接受的。

除了芳香剂或是除臭剂，我还对柔软剂的味道格外敏感。

我家从不使用柔软剂,洗衣服时也极力减少洗衣液的用量,衣物上几乎没有任何香味。

可是人和人毕竟不同,对有的人而言,柔软剂是必不可少的。

这样下去,人或许会渐渐分辨不出各种气味,想想就觉得可怕。

咦,我不是在写风信子吗?怎么跑题了?

我呢,喜欢那种似有若无的幽微香气。

气味这种东西,说真的,不同的人能接受不同的气味。

比如说,我就格外喜欢巴黎地铁里的气味。

对了,前几天做了百合根意面团子,味道相当不错。

这话由我来说不免有自卖自夸之嫌,但这确实是我的得意之作。

一般情况下,做意面团子时我会放土豆,这次换成了百合根,似乎更加美味。

将百合根焯水,煎得脆脆的,然后倒入大量的橄榄油,再撒一些松露盐。

这种简单朴素的食物，是我的最爱。

今后如果再买百合根，我会再做成百合根意面团子来吃。

最近天气寒冷，我做了很多次奶汁焗菜。

奶汁焗菜是冬季的"醍醐味"①。

昨天，我用许久之前买的鳕鱼干，做了土豆鳕鱼奶汁焗菜。

只需要把摆好盘的食材放进烤箱就行，非常轻松。

虽然牡蛎与菠菜是做奶汁焗菜的黄金搭档，但土豆加鳕鱼也是毫不逊色的完美组合。

百合音向来怕冷，最近一直在阳光下打盹。

每当阳光移动一寸，它便跟着挪动一寸，看上去可爱极了。

倘若看见和它一块儿晒太阳的镜饼和甜米酒，百合音还会偷吃镜饼的碎屑，边吃边撒得满地都是。

好吃吗？

---

① 网络流行词，指"妙处""精华所在"。

1月26日 新年始笔

此刻，我正在审读《山茶文具店》的初校清样。

去年我花了一整年的时间，在 GINGER[①] 上连载这个故事。

主人公名为雨宫鸠子，大家习惯称她为波波。

故事的地点设在镰仓的山里。

审读清样的"三神器"分别是铅笔、橡皮擦和红色水笔。

铅笔使用的是笔芯跟笔杆都较普通铅笔更粗、握笔处为三

---

① 幻冬舍发行的季刊文艺杂志。

角形的特殊 2B 铅笔，是很早之前我的责编送的。

　　这支笔我隔三岔五就会削上一削，一直用到现在。

　　橡皮擦是朋友给的，原本的形状是一只小鸟，如今早已看不出它本来的样子了。

　　至于红色水笔，因为写字时难免出错，所以我一定会用可擦的红色水笔。

　　无论是铅笔、橡皮擦，还是红色水笔，我都只在审读清样时使用。

　　小说中，波波在经营文具店的同时，兼做代笔的工作。

　　也就是替当事人写信。

　　这些信件会真实地呈现在出版的书里。

　　由职业书法家萱谷惠子小姐化身波波，一封一封亲笔书写。

　　效果自然非常好，期待这本书尽快问世。

　　与此相关的另一件事是：去年，我开始练习书法。

　　话虽如此，目前我也只上了一堂课。

最近，能够亲手写字的机会大大减少了。

哪怕是写小说，我也是在电脑上打字。大约只有给别人写信，或是随手记笔记时，才会逐字逐句地亲手写吧。

记得孩提时代的自己会很用心地写字，反倒是成年后，书写变得十分随意。

想写一些寓意深刻的大大的字，当我这样想的时候，正好与朋友聊到练字的话题。

其实许多年前，我曾心血来潮地买回过不少纸笔来练习，可惜没能坚持下来，纸笔都被束之高阁了。

去年年底，我初次参加书法课，反复练习写自己的名字。

明明老师的示范如此漂亮，一旦轮到自己，却总也写不好。

当初取这个简单的笔名是出于两方面的考虑：一是任谁都不会念错；二是笔画少、方便签名。谁知"小"也好，"川"也罢，还有"糸"，都因笔画太过简单，很难在书写时保持结构上的平衡。

因此，每次在自己的书上签名时，我都怀着惭愧的心情。

"你这字嘛，看起来不像签名，像署名。"看着我的签名，年长的友人戏谑道。的确是这样，我竟无法反驳。

这根本就不是签名。

眼下我的目标是，拿出一手让收到签名的人不至于失望，甚至还很开心的好字。

今天完成了老师最初布置的作业。

我时而在纸上大大地书写自己的名字，时而随意地写着"良都美野①"，或者干脆画些圈圈。

老师没有规定作业的具体内容——文字或者线条，想写什么就写什么。

我忽然想起"卐"字，据说它象征着拉脱维亚神道里我的守护神雷神，于是试着写了写。

出乎意料的是，就连"卐"字也是讲究笔顺的，我却不知道。

算了，既然是汉字，当然会有笔顺的规定。

我查了一下，正确的笔顺是：横、横、竖、竖、竖、横。

---

① 指拉脱维亚。

我吃了一惊,竟然与自己想象中的完全不同。

今天练字用上了家里所有的笔。
偶尔静下心来,练练书法也挺好。

2月4日

立春大吉

今日立春。

从今天起,春天来了。

百合音一脸愉悦,迷迷糊糊地进入了梦乡。

它是在春眠吗?

这些日子,它以青花鱼、鲣鱼为主食,身上的鱼腥味格外浓重。

台湾那边寄来了《去大海山林、往森林小镇》[①]中文译本的

[①] 作者的生活随笔集,日文版 2013 年由幻冬舍出版。

样书。

尺寸从文库本①变成了大开本。

也加入了原创的插画,尽管我看不懂文字内容,但十分开心。

这本书里记录着许多被我遗忘的往事碎片,比如在加拿大旅行时,我为溯流而上的鲑鱼送终、隆冬时节的刨冰、波照间食堂的奈奈子女士、夏冬两季的蒙古之行,还有滋贺县的BERCEAU②

---

① 在日本,被称为文库本的出版品,一般都是平装、A6 大小(105mm×148mm)的版面。
② 意为"摇篮",此处为餐厅名。

洋食小川

餐厅。

这本书在台湾的名字叫作《幸福食堂》。

是非常不错的书名。

正好这个月末,我将出发前往台湾,带些特产过去吧。

这将是我第一次去台湾,明明两地的距离如此之近。

收到了 *MOE*[①]。

拙作《拇指手套》终于从这期开始连载了。

最终由隔月更新改为了每月更新。

平泽摩里子老师的手绘插画漂亮极了。

目前发售中的杂志 *croissant*[②]、《大人的时尚手帖》,均刊载了我在家中做的采访特辑。

或许,对所有日本人而言,减少对物品的依赖,都是一句口号般的存在。

---

① 日本的绘本杂志。
② 日本杂志。

在日本，各种物品真是堆积如山！

本该为人带来幸福的"物品"，反倒令人痛苦，甚至让人感到窒息，这是多么讽刺的事。

我所追求的，是间隙。

无论是时间、空间，抑或是人际关系，通过制造间隙，就能保持情绪上的余裕。

哪怕过着平平淡淡的生活，物品也总是越积越多，这就需要我们有意识地努力做减法。

对那些不需要的物品，也许我们应该这样做：不入手，不堆放在家，不让它们参与我们的人生。

我想，当我离开这个世界时，唯余一口锅、一只旅行背包，便是理想的状态。

立春大吉。

不久之前的书法作业，要是写这句话就好了。

2月11日

祖母的桐木衣橱

家里的桐木衣橱是祖母结婚时作为嫁妆带过来的。

衣橱历史悠久,虽然没有百年,少说也有八十年了。

几年前,这个桐木衣橱辗转来到了我东京的家中。

我将它摆在书桌的正后方,这样自己仿佛时刻被祖母守护着,感觉分外安心。

不过毕竟制作年代久远,衣橱早已破损。

说是桐木衣橱,其实衣橱只有表面使用了桐木,其余部分用的是别的木材。

祖母去世后,家人也曾修复过衣橱,但那也是很久之前的事了,如今我不得不另寻对策。

话虽如此,真要扔掉它,我却舍不得。

我曾跟随祖母一块儿生活,尤其爱听衣橱把手发出的"咔嗒咔嗒"的清脆声响。

每当祖母开关衣橱时,把手就会"咔嗒咔嗒"地响。听着这个声音,不知为何,我便能安下心来。

然而,不管寄托着怎样的思念,一旦需要处理掉,它就只是大型垃圾。

这是我不愿看到的,但就算将它放在家里,我也用不上。

左右为难之际,我的脑海里闪过一个念头——对了,说不定可以把它翻新!

以上便是一年前发生的事。

后来,我请了木工师傅伊佐户先生为我实现这个想法。

前些天,"衣橱"回到了我家。

伊佐户先生利用衣橱原本完好的部分，辅以新的木料，将它变成了一个带四个小抽屉的置物架。

我把它放在衣柜里，平时用来收纳钱包和首饰，意想不到地合衬。

就这样，它轻易且完美地融入了我的日常生活。

伊佐户先生又用剩下的木料为我做了四个杯垫。

让我开心的是，"咔嗒咔嗒"的声音一点也没变。

我想，扔掉东西固然简单，但能以这样的方式留下它，也是很好的。

伊佐户先生，谢谢您！

今天是法定节假日。

商店大约会闭店休息吧？我不抱任何希望地去往蔬果店和肉店，没想到它们都照常营业。

在蔬果店发现了国产新笋，忍不住买了许多。

据说是从鹿儿岛运来的。

对我而言，竹笋是能将春天带来身边的蔬菜。

回到家，我立刻把它和米糠一起下锅焯水。

晚上，我初次试做玛德莲蛋糕。

真可爱。

我之前做过葡萄干夹心饼，今天是玛德莲蛋糕。

光看它的外表，我的心里便涌起了暖意。

这回我加入了金橘。

满屋飘荡着点心的甜香。

2月22日

行将五年

前天,我从报纸上读到关于樽川和也先生的新闻,印象颇深。

樽川先生的父亲在福岛县须贺川务农。

他家距离福岛第一核电站大约有六十五公里。

事故①发生前,樽川家是坚持以最亲近自然的方式培育作物的,坚持不用农药,尝试有机栽培法。

---

① 指 2011 年的福岛核事故。

他父亲种出的卷心菜甚至专门供给当地小学的食堂。

可以说，老人家对种出能够让人放心食用的美味作物，有着巨大的热情。

因此，他恐怕对核泄漏事故的严重性有着异于常人的深刻体会。

殚精竭虑地种出卷心菜，却收到政府禁止贩售的通告，第二天，老人便愤然自尽了。

樽川先生不愿看着父亲无辜枉死，于是投诉了东京电力公司。

双方最终达成了和解。

樽川先生本以为东京电力公司会派人前来参加父亲的葬礼，至少上一炷香，岂料对方只草草发来了一封传真信函。

实在让人忍无可忍。

哪怕只是培护一厘米厚的沃土，也需耗费几十年的心血。

而当地的现状是，那些土壤被大肆铲离地面，装进了塑料袋。

说是要清除放射性污染物,不过是变相地将遭受核污染的土壤换个地方存放罢了。

更让人吃惊的是,官方竟然打算二次利用这些堆积如山的核污染土,把它们运送到全国各地。

最近在读《切尔诺贝利的祭祷》[①],发现当年切尔诺贝利的人们和如今福岛的民众真是同病相怜。

当年在切尔诺贝利,那些被疏散的民众也以为数日之后,自己就能重返家园。

然而别说数日,无数人就此永远离开了他们早已熟悉的土地。

先祖世代传承的土地,充满家族回忆的家园,来往密切的亲戚与近邻,形同家人、以爱养殖的家畜……

这些重要的事物,一件件地被突如其来的灾难所剥夺。几

[①] 本书作者是白俄罗斯作家、记者S.A.阿列克谢耶维奇。1986年4月26日,位于苏联治下乌克兰境内的切尔诺贝利核电站发生爆炸,造成大量放射性物质泄漏,是人类有史以来最严重的核事故。1997年,阿列克谢耶维奇创作了纪实文学作品《切尔诺贝利的祭祷》,纪念切尔诺贝利事故的殉难者。

乎相当于在此之前的人生全部作废，然后被迫去过一种完全陌生的生活。

损失根本没法用金钱来衡量，就算能，所谓的"赔偿"也应是一笔巨大的费用。

面对无人能够承担的责任，谈何赔偿？

听说樽川先生获得了一笔精神损失费：事故当年他收到了八万日元，次年收到了四万日元。

然而，心灵的创伤岂是这点钱能够抚平的？

事故过后，我以为这个国家会出现某些根本性的转变。

可是，从最近的情况来看，仿佛任何事情都不曾发生过。

听说樽川先生与其父亲的故事被拍成了纪录片《继承于大地》。

我想，我们必须侧耳倾听那些来自苦难民众的声音。

打算重读一次《切尔诺贝利的祭祷》。

2月26日

企划书

拙作《这样就很幸福了》让我认识了许多新朋友。我想，当初愿意出版这本书，真是太好了。

平时接受采访，我遇见的一般是职业小说家，这次却有幸结识了不同领域的朋友。

其中有比我年轻许多的编辑，我还因此读了些往常不会去看的报纸和杂志。

然后发现，原来他们对自己的工作投注了莫大的热情。

甚至，我还知晓了迄今为止从不了解的世界。如果只是单纯在杂志上发表小说，也许我就不会留意到。

这些都是前所未有的收获。

对小说约稿之外的工作，我一般会有三种反应：

1.这个我很想做，一定要接！

2.这个我做不了，别人比我更合适，还是拒绝吧。

这两种情况，我基本都能凭直觉决定。

让我为难的是下面这种：

3.没法立刻决定接还是不接。

这种令人犹豫的情况，最是难办。

迟迟做不出决定，时间便会在我的磨磨蹭蹭中流逝。

这时能够帮我做出决定的，往往是对方的企划书。

如果你认为所有的企划书都大同小异，那就错了。事实上，企划书里隐藏了不少有用的信息。

有的编辑会将用讨的企划书（或是废案）改一下收件人的名字直接寄过来，一般来说这种情况我能轻易识破。

更有甚者，连收件人的姓名都写错，遇到这样的情况，我会断然拒绝。

毕竟我也没那么好说话。

反过来，要是能够在一份规规矩矩的企划书中，窥见哪怕一丝编辑的个性，而我恰好对此抱有好感，便会愿意与对方见上一面，积极斟酌相关事宜。

当初向我约这本书的S编辑，他所提交的企划书正是如此。

而且，线下碰面后，我发现S编辑远比我通过企划书想象的要出色许多。

今日就此搁笔。

明天，我将出发前往台湾。

3月3日 台湾情结

今天的早午饭,我吃了玫瑰面包。

在面包世界的竞赛里,吴先生做的玫瑰面包,无疑挂着一等奖金光闪闪的奖牌。

回国那天下午,我专程去他那里买了面包,然后亲手抱着它们回来。

虽说手上很沉,行动不便,但我还是觉得买对了。

怀中萦绕着清新优雅的玫瑰香。

我将面包稍稍烤了烤,蘸着黄油和蜂蜜吃。

嗯，真幸福。

饮品配的是我在台北一家很棒的茶艺馆发现的红茶。

玫瑰面包与红茶，堪称完美组合。

同是台湾物产，搭配起来十分和谐。

这种红茶是中国茶的一种，茶叶卷成小小的一团。

第一泡汤色浓郁、气质高雅，第二泡散发出浓郁的香气，第三泡呈现清淡的口感。

茶汤的风味随时间渐次变化，犹如人生，这也让我切实体悟到了中国茶的深厚底蕴。

在那家茶艺馆，我花了两个小时参加中国茶的品茶会。我揭开茶壶的盖子，闻了闻上面残留的茶香，接着品尝茶点，度过了一段宁静而美好的时光。

这次与我结伴同行的，是比我年长的好友，小音。

我俩放慢旅行的速度，没有去景点观光，也没有四处采买，而是在喜欢的地方慢慢享受这份慵懒的感觉。

台湾的食物也可口极了。

我们从小吃摊的料理开始，一路吃遍了云南、广东，有高级中华料理，也有创意中华料理。尽管每顿都是中餐，却并不觉得腻烦。

让人意外的是，我们在来之前查了许多资料，还向住在当地的台湾朋友请教过，谁知这里最好吃的料理，竟然藏身于台北最高级的酒店餐厅中。

那家餐厅的菜品确实美味。

其中的一道菜是玉米浓汤，大约六百日元，滋味令人难忘。

就算只是为了那碗玉米浓汤，我也愿意再去一次台湾。

回国那天早晨，我去酒店旁边的市场逛了逛，看见了大量的新鲜蔬菜和肉类。

它们精神抖擞，生机勃勃。

难怪那么好吃。

这里的人态度亲切，城市治安也不错，给我的感觉与日本的城市没什么两样，因此我能安心地在街上散步。

一开始，我担心只住三晚会很匆促，结果却是尽兴而归。

不知道是不是气流的关系，返程的飞机仿佛眨眼间便降落了。

下次一定要拉上企鹅一块儿去。

感觉我的台湾情结还会持续一段时间。

这趟旅行的最大收获是一只白色的盖碗。

是中国的传统茶具，刚好够装一泡茶，泡完茶后再用它把茶汤注入公道杯。

我从来自台湾的可乐妈妈那儿借了公道杯。

茶杯用的是以前买的玻璃猪口，就这样，我顺利地凑齐了品茶三件套。

话说回来，玫瑰面包与红茶，真是很美味啊。

3月14日 人力不可为之物

雨天，我撑着伞前往银行。

为的是提取这个月必须缴纳的税金。

每年这个季节，我都希望所有的纳税人都这么做。

要知道，上班族的税金是从月薪里直接扣除的，相当于间接纳税。

而像我这样，从自己钱包里掏钱纳税的人，态度自然会比他们严肃得多。

真切希望上面的人连一元钱都不浪费。

不用说，这大概也是所有纳税人的心愿。

有的政治家满不在乎、理所当然地挥霍着税金。

希望他们别忘了,那些都是纳税人的血汗钱。

也希望他们在履行职责时牢记一点:是我们用税金雇用了他们。

前些天报纸上说,政府按当地的受灾人数给出了人均补偿预算的额度,看完我吓了一跳。

明明是足够每个人分得一套公寓的补偿金额,那些受灾群众却依然生活得很艰辛。

距离那一天,已经过去五年了。①

昨天看了NHK(日本广播协会)拍摄的特别节目《核电站堆芯熔毁》,觉得非常不错。

我这才知道五年前的核电站是处于怎样的状态,在地震时,里面又发生了什么事故。

---

① "那一天"指的是2011年3月11日发生在日本东北部太平洋海域的强烈地震。此次地震引发的巨大海啸对日本东北部的岩手县、宫城县、福岛县等地造成了毁灭性破坏,并引发福岛第一核电站核泄漏。本书的写作时间为2016年。——译者注

人类一旦失去对核电站的控制，它就会变成一头发狂的猛兽，让人束手无策。

这期节目让我深刻了解到核电站的可怕。

同时，日本大部奇迹般地幸免于难的事实，又让我后怕不已。

那时候，国民根本无从得知，自己面临的是多么严重的危机。

相较而言，国外媒体的报道更加真实准确。

这起核泄漏事故不可避免地产生了大量的放射性物质，当初如果不是核反应堆厂房，而是2号机组本身发生爆炸，那么整个东日本都将不再适合人类居住。

当我得知，之所以没有变成如此糟糕的局面，并非依靠什么人为的策略，而纯粹是天意使然时，不由得背脊一寒。

我忍不住想，也许连老天都觉得，让日本变成这样也太悲惨了，于是手下留情。

同时老天也在考验，灾难之后，我们会做出怎样的选择。

从我记事起,印象中日本已发生过两次大地震,分别是阪神大地震和东日本大地震。

因此我认为,不要再觉得大地震来得出乎意料,应该做好巨大地震会再次发生的心理准备,拟定应对策略。

然而,即便是现在,我们仍旧无法彻底防止福岛第一核电站的内部发生意外。

在这种情况下,倡导经济优先,再次启动核电站,真的合适吗?

另一方面,那些无视福岛居民的感受,为日本即将承办奥运会而兴高采烈的行为,看得我惭愧万分。

也许徽章和圣火台之类的东西接二连三出现问题,便是上天降下的惩罚。

总之,昨天看完NHK的特别节目,我的心情十分低落。

今天原本不打算写这样的内容。

尚未收看这期节目的朋友,请一定不要错过重播。

3月11日的报纸上刊载了解剖学家养老孟司先生的访谈。访谈中，养老先生说的一句话，给我留下了深刻的印象。

他说："一天抽十五分钟也好，去看看那些人力不可为之物。"

这句话令我如梦初醒，我开始认真观察身边的一切。

很快我便发现，目力所及之处，皆是人工，根本不存在"人力不可为之物"。

这可怎么办？我有点伤心地想，忽然瞥见正在打哈欠的百合音，于是放下心来。

也许，眼中有山海的人，与我这种生活在大城市、每天都被人造之物所包围的人，精神状态本就截然不同。

"3·11"之后，我的大部分好友都离开了东京。

我想，他们的选择一定是正确的。

这场地震促使我对自己提出了一个要求。

那就是每次去澡堂时，都不使用公寓大楼的电梯。

无论时间多么紧张，或者多么疲倦，我都要坚持爬楼梯。

我知道，就算这样做，也不能抹去核泄漏事故的事实，但至少，我在以自己的方式努力铭记。

它就像是一枚图钉，为了挽留我的记忆而存在。

当然，即便是灾区，也处处洋溢着希望。

因五年前的海啸而失去母亲的少年，已经在户外玩起了足球。

看到这张照片，我不由得掉下了眼泪。

能够平静安稳地度过每一天，这种生活是多么来之不易。我想记住这份难能可贵的幸福。

3月17日 春色

今天傍晚,周遭弥漫着春日的气息。

富士山的轮廓清晰地出现在浅桃色的天空中,看着赏心悦目。

春天是惹人怜爱的季节,温柔、浅淡,如幻梦一般。

不知从何处飘来似有若无的甜美花香。

前几日,在餐厅意外遇见了我的读者。

迄今为止,她一共给我写过两封信。

她看上去性格爽利,是个做事非常可靠的姑娘。没想到,她竟然在读我的书。

能有这样优秀的读者，着实令我吃惊。

在回家的路上，我不由得想连蹦带跳地走。

我热爱写作，但是这份工作基本上注定了我要与孤独为伍，穿行在漫长的隧道中，有时连出口也望不到。

不过，偶尔闪现的邂逅犹如给予我的奖赏，促使我以全新的心情去面对作品。

我的下一本书将在一个月后与大家相见。

书名叫作《山茶文具店》。

以镰仓为背景，讲述代笔人的故事。

3月24日　点心，要吃吗？

樱花星星点点地绽放。

在向阳的枝头，轻盈地舒展着花瓣。

不过，由于倒春寒的关系，难得的花开进程似乎停滞了下来。

要是能早日开成一片花海该有多好。

最近，百合音又记住了一句话。

之前它记得最牢的两个词是"牛肉干"和"可乐"。

我叫它"百合音"，它毫无反应；叫它"过来"，它也一副呆呆的样子，有时甚至扭头就跑。

到底是怎么回事？正当我一筹莫展之际，它已经又记住了一句话。

这句话就是："点心，要吃吗？"

只听见"点心"两个字，它是毫无反应的，但当我说出"要吃吗"的时候，它会立刻两眼放光，摇着尾巴朝我跑来。

为了验证这一点，昨天我趁它在另一个房间睡觉时，故意开口问它。

很快，它睡眼惺忪地起来，"嗒嗒嗒嗒"地跑到我身边。

真神奇啊。它就是这样一点一点记住了人类的语言吧。

对了，事到如今，我对百合音的贪吃属性已经见惯不惊了。

或许是自家宠物犬的缘故，我拿它毫无办法。

顺便一说，百合音的点心是我亲手烤制的胡萝卜饼干。

我在米粉和全麦粉中加了碾碎的胡萝卜，充分搅拌后放进烤箱烘烤。

如果再加点盐，就是一道人类也能吃的美味点心了。

百合音吃饼干时，嘴里会发出清脆的声音。

因为迷恋这道声音，我一个劲地喂它吃着。

前几天，在去澡堂的路上，我发现电线杆上贴着的纸片不见了。

那是一张寻狗启事。

也不知发生了什么意外，主人的爱犬走丢了。

寻狗启事上除了狗狗的照片，还附上了它的性格特征，以及主人的联系地址。我试着想象了一下那位主人的心情，胸口一阵难受。

宠物走失并非罕见的事情，我时不时会看到这样的启事。

对我而言，这绝非与己毫不相关的"他人之事"。

我经常设想，要是百合音忽然走丢了该怎么办，想着想着，便会吓出一身冷汗。

然后我又想，遇到这种情况，自己肯定会彻夜不眠，边哭边找。

而且，我会拿着百合音爱吃的胡萝卜饼干，大声呼喊："点心要吃吗？点心要吃吗？"

不过这样一来，说不定是我先被警察带走吧。

今天的晚餐是炸猪排盖浇饭。

家里平时只有我与企鹅两人吃饭,我很少炸猪排,今天企鹅说,有个二十多岁的大胃王会去他们的工作现场,让我做些便当给他吃。

年轻人果真饿着肚子在工作吗?我得做份分量十足的便当。"这下肯定吃不完了吧?"我想,但他应该会彬彬有礼地一扫而空。

中午,我带着百合音去肉店,买了四块炸猪排用的肉。

想着要一次做这么多炸猪排,还是很有成就感的。

不过,倘若家里有正值发育期的孩子,想必家长每天做饭都得是这个量。

切实体会到了他们的辛苦。

我在企鹅的便当盒里装了少量的米饭,其余地方塞满猪排。

用包袱皮一包,沉甸甸的分量令人吃惊。

好了,今天它会空空如也地回来吗?

3月27日 春日涮锅

《这样就很幸福了》的展会昨天开始举办。

我也去了现场观展。

似乎看到了了不起的东西。

不过,请别误会。

我家并没有照片上那么美(慎重起见,特此声明)。

见面会也热闹极了。

现场来了许多读者,他们主动与我攀谈,其乐融融。

能在如此轻松的氛围里见到我的读者,我感觉十分荣幸。

最后，我与大家一块儿享用了葡萄酒，度过了一段如梦似幻的温柔时光。

另外，下周六将举办"美食会"，料理来自OKAZ DESIGN餐厅。

这边会为大家保留少量名额（不过只能站着吃），有意愿参加的朋友请提前申请。

美食会将于下午四点正式开始。

昨天回家后，我们煮了涮锅来吃。

早晨收到来自广岛元宇品的新鲜蔬菜，我们决定饱餐一顿。

因为都是春天的时令蔬菜，所以我称它为"春日涮锅"。

有山里采摘的水芹和食用谷当归。

我还是头一次吃谷当归，只觉口感爽脆，没有怪味，很是可口。

平时我家涮锅用的都是猪肉。

昨天例外，为了纪念这个春天，我豪气地用上了牛肉。

我特意叮嘱企鹅，只有在特别的日子，才能用牛肉涮锅。

猪肉仍是平日里的涮锅食材。

前天接受采访时，摄影师送来了一束非常漂亮的郁金香。

原来郁金香也会有如此梦幻的色泽。

无论怎么看都很可爱，我一不小心便着了迷。

毕竟是春天呢。

百合音似乎也开启了春日模式。

4月2日

活字

每逢新作出版,我都会买些东西做纪念。

一般是与作品内容相关之物,比如这次是《山茶文具店》,我便打算购入文具。

我给自己订了一套活字印章。

由于是定做的,我足足等了好几个月,今天终于收到了。

这套活字印章包含二十六个英文字母的大小写、标点符号,以及我的名字。

所有印章被整整齐齐地装在一只小盒子里,拿在手中沉甸甸的。

我选了颇具艺术气质的斜体 Piranesi 字体[1]，字号是 18。

没想到，这些印章竟然密密实实地装了两层，我一不留神就把它们的顺序弄乱了。

我懊恼极了，然而事已至此，后悔也没用。

我打算用这套印章自制名片。

事实上，我一直没有自己的名片。

和手机一个道理，对我来说，它们并非生活必需品。

因此，我与人交往的一贯风格是，时常收下别人递来的名片，却从未给过对方我自己的。

不过，名片这个东西，在极其偶然的情况下，还是很有必要的。

话虽如此，真要印制名片，起印数得有一百张。如果只是为了"极其偶然的情况"，就印一百张名片……想到这儿，我又犹豫了。

---

[1] 一种英文艺术字体。

而假如我有一套活字印章，只要懂得如何排版，就能在必要时自制名片了。

为此，我特意给自己定做了这套活字印章。

出乎意料的是，活字印章的操作实在麻烦。

首先，文字本身太小。

其次，它和我们平时肉眼所见的字母左右是相反的，也就是呈镜像状态，我很难立刻分辨手里拿的是哪个字母。

我选的Piranesi字体又是倾斜复杂的花体字，乍一看去，根本认不出哪个是哪个。

更麻烦的是，我的邮箱地址偏偏十分冗长。

尽管只要把定做的汉字"小川糸"和邮箱地址印在名片上就行，但光是找出需要的印章，我就花了好几个小时。

找好了！这样想着，我蘸上油墨试印了一次，结果搞错了排列顺序。

总之，这是非常精细的活，渐渐地，我的眼睛都看花了。

我终于体会到从前运用活字印刷术来印制书籍和报刊是多么不容易了。

仅仅是用它来印制自己的名片，我就已身心俱疲，要是让我印制书籍和报纸，肯定会一筹莫展。

制作一本书，竟然如此费力。

这个亲身领悟到的事实，或许是我此次购买活字印章的最大收获。

比学会自制名片更重要。

我奋斗了半天，总算按照正确的顺序排好了印章，接着成套上版，一张一张地印。

只要手边有一套活字印章，就能在必要之时，重新排出需要的句子和文章。不过，我真的有勇气拆掉辛辛苦苦排好的名片版面吗？

我有预感，今后我会把它作为名片的专用章来使用。

但我也希望自己明白，愿意亲自尝试，本就是一件有意义的事情。

对，就这么想吧。

顺便一说，用活字印章做出的名片和用橡皮章直接盖印的相比，从外观上看似乎没什么区别。

不过，我与活字印章的缘份才刚刚开始。今后，我要多花些时间，一点点摸索别的使用方法。

4月5日

穆希卡先生！

今天，我最最最敬爱的穆希卡先生抵达日本，真想大声念着他的名字，去机场迎接他。

何塞·穆希卡先生曾出任拉丁美洲国家乌拉圭的总统，被称作"全世界最贫穷的大总统"。

他不住总统府邸，而是与妻子在农场边的简陋平房里生活，亲自耕种。

他最值钱的家当，仅是一辆1987年制造的大众甲壳虫汽车。

洋食小川

数日前,报纸上刊载了关于穆希卡先生的一篇访谈。

穆希卡先生说的话,字字句句深入我心。

"我所认为的'贫穷之人',是指那些穷奢极欲、不知餍足的人。

"哪怕很少的东西也能使我满足,让我活下去。

"这种生活只是俭朴,并非贫穷。"

"买东西的时候,我们总以为自己是用钱在买,其实不然。

"我们是用时间在买东西。这个时间,就是我们为了挣钱而劳作不息的人生。

"活着就要劳作,不过,人生不是为了劳作而存在。

"好好活着才是最重要的。

"如果买很多东西,却花掉了生命中所剩不多的时间,岂不是得不偿失吗？

"去过朴素的生活，人就会获得自由。"

他还说了下面的话。

"无论是往左还是往右，也无论关不关乎宗教，狂热的信仰必将孕育对不同见解的憎恨。

"憎恨之上，难以修筑善意之物。

"唯有懂得求同存异，人才能够走向幸福。"

如果日本也有像他一样，愿意用通俗易懂的语言，堂堂正正地讲出真理的领袖，该有多好。

穆希卡先生在描述当今世界的现状时说："一切交给市场和商业决定，政治的智慧没有用武之地，世界犹如无脑的怪兽。"

我赞同他的观点。

然后，面对日本民众，穆希卡先生问道："到头来，大家觉得自己的生活幸福吗？"

话中深意，令人胸口沉闷。

我家卫生间的墙上贴着一张纸，上面写着我在拉脱维亚习得的"十得"。

每次去卫生间，"十得"便映入眼帘。

它们与穆希卡先生的话有异曲同工之妙。

事实上，如今，我正面临人生的重大抉择。

一个月来，我都在直面从前一再回避的不如意之事。

一旦我做出错误的判断，未来的人生便会陷入长久的痛苦之中。

说真的，我感到很难受，想要就此消失。

然而，每当这种时刻，犹如路标般为我指引方向的，正是拉脱维亚的"十得"，以及穆希卡先生的话。

综上所述，我愿自己健康而明朗地活下去。

即便深陷泥沼，也要朝着太阳的方向生长。

能够领悟这些道理，真是太好了。

穆希卡先生！

从刚才开始，我便在心中挥舞着欢迎的小旗。

穆希卡先生是我的精神偶像。

4月10日

犬之环

我带着百合音在纷飞的樱花中散步。

还有短短两个月,它就满两岁了。

从身体来看,它已经成年,目前体重达到了四点七公斤。

散步途中,只要闻到喜欢的气味,百合音就不愿走开。看到感兴趣的人,它也会使劲凑上前去。

一方面,心情不好的时候,它便会进入"不想走路"模式,一步一步缓慢地挪动;反之,如果心情不错,它就会一蹦一跳,兴致勃勃。

另一方面，它也变得越来越贪吃。

最近一段时间，如果发现路边掉落的东西是食物，它就会立刻将其塞进嘴里。

遇见正在吃东西的陌生人，它会目不转睛地盯着对方，一动不动。

有一次，它发现一位大叔在街对面边走边吃可乐饼，便停下脚步，直直地盯着他，一步也不愿挪开。最后，它还是冲了过去，从大叔的手中抢走了可乐饼。

到了室外，它会在忽然之间像被野牛附身了似的，发出"嘎——嘎"的勇猛吼声，情绪激昂地来回奔跑。

肚子一饿，它便会不停地抓挠自己的身体；只要看见我在做饭，就一个劲地跳着往我身上扑，仿佛在催促："快给我！"

也就是说，按照一般标准来看，百合音是非常不中用的狗狗，哪怕在幼儿园也不大听话，待我回过神来，发现它已然恶名昭彰。

不过，这样的百合音却是我与企鹅的至爱，自从它来到我家，便不断有好事发生。

毫无疑问，百合音为我家带来了幸福。

夜里，我刚盖好被子，百合音便会钻到我身边，枕着我的手臂进入梦乡。

它一点也不在意自己的睡姿。

往往"砰"的一声就把身体砸过来。

说实话，它的身体真的很重，我被它枕着的手臂也阵阵发麻，可是看着它呼呼大睡的模样，我又觉得很可爱。

起初，我对百合音的一切一无所知。

不过最近，我渐渐可以理解它的心中所想，以及行为的微妙之处，比如这个动作是希望我立刻抱抱它，那个动作是在催我陪它一起玩。又比如什么时候是想上厕所，什么时候是让我不要打扰它，等等。

时间慢慢过去，我们之间的情谊渐浓，牵绊渐深，它已成为不可取代的存在。

事实上，我已无法想象没有百合音陪伴的日子。

假如它不在了，我该如何继续今后的人生呢？想到这里，我只觉万念俱灰。

带着百合音散步时，对面有人走来或是骑车路过，时常会冲我们微笑。

虽然他们一言未发，只是路过，脸上却洋溢着温柔的笑意。

每当看见这样的笑容，我便觉得，百合音为这个社会做出了力所能及的贡献。

它不过是用尽全力地活着罢了，却能逗人开心，为我们带来平静。

我家附近住着一位八十八岁高龄的老奶奶，她时常轻抚着百合音的脑袋，反复念叨一句话："果然听得懂我们在说什么呢。"

老奶奶说自己喜欢狗狗，年轻时也养过宠物犬，如今年纪大了，实在没法再养下去。

就是这样，每当我与百合音外出散步时，总能遇见许多人和事。

有使用助行器努力练习走路的小女孩。

有坐在轮椅上，拿着相机，专心致志给花拍照的老爷爷。

有趁着晴天，在狭窄的阳台上晾晒被子、用力拍打被子的女子。

还有住在公园一角的古老民宅里，勤于修剪院中花草的老奶奶。

诸如此类的遇见，全是百合音带来的。

是百合音送给我的礼物。

我的家人，是企鹅和百合音。

或许，没有生下与自己血脉相连的小孩，是正确的选择。

无论是企鹅还是百合音,大概都会先我一步离开。

希望在百合音离开的第二天,我的生命也能走到终点。

人生,真是令人伤感。

今天的百合音。

此刻它正蜷缩在篮子里睡午觉。这只篮子前几日刚到我家,是拉脱维亚制造的。

哪怕面对全新的环境,它也睡得十分香甜,真厉害。

它对许多事情都不在意。

即便惹对方生气了,依旧若无其事。

格外自然,格外我行我素,格外落落大方。

只要吃到好吃的,就会觉得幸福。

这也是我希望自己成为的样子。

我打从心底里尊敬百合音。

4月
14
日

咖喱日

脑袋昏昏沉沉,嗓子疼,眼睛睁不开,流鼻涕,浑身发冷。上述症状持续了好几天。

我已经很多年没有病得这么厉害了,还以为花粉期都过去了呢。

此刻,我只觉电脑上的文字也糊成了一片,看不清。

由于诸多症状同时发生,待我回过神来,家里已经乱作一团。

这样下去可不行。我暗下决心,准备收拾屋子、打扫卫生。

心里越是装着许多事情，越是需要搞搞卫生、做做家务。

整理完屋子，我站在焕然一新的厨房里，开始做咖喱。

咖喱时常出现在我的作品里。

"请问这是您有意为之吗？"接受采访时我被这样问道。其实，这些都是我的无心之举。

不过，若是从头翻看我的作品，的确会发现，每逢十分重要的场景，我作品中登场的角色往往在做或者吃咖喱。

仔细想想，或许因为咖喱是家常食品，做法简单，谁都可以尝试去做。

当然，市面上也有那种以好几种香料打底的正规咖喱出售，不过只要用上现成的黄油面酱，任何人都可以成功地做出咖喱，而且味道也不错。

对我而言，咖喱或许意味着"重置"。

昨天，雨淅淅沥沥地下着。

对了，不如做咖喱来吃吧。这样想着，我开始翻找家中现有的食材。

　　结果只找到了根茎蓬勃生长的芋头，以及剩下一半的洋葱、别人给的小松菜。

　　还有前几天熬汤时没用完的舞菇。

　　有这些蔬菜就足够了。

　　做到一半，我才发现忘了放肉，顿时脸都白了。

　　怎么办？外面正下雨，我实在不想在这种时候出门买东西。忽然，我想起了冰箱里的冷冻鹿肉。

　　于是，顺理成章地，我做了一道鹿肉咖喱。

　　放置一晚，今早继续吃。

　　这道用超市买的黄油面酱做成的鹿肉咖喱，企鹅赞不绝口。

　　"和寻常的咖喱一样嘛。"他边说边开心地吃着。

　　看来，平时我煞费苦心做的"不寻常的咖喱"，企鹅一定吃得不太情愿。

　　虽然这是一道用之前剩下的食材做成的咖喱，但是能让这些食材物尽其用，我还是很高兴的。

话说回来,花粉症太折磨人了。

连百合音也对杉树花粉有些过敏,一只眼睛完全睁不开。

面对别的狗狗时,百合音完全不懂得察言观色(因此,就算受到对方的恐吓,它依然会摇着尾巴试图靠近);但如果对象换成是人,它就别提多机灵了。

记得以前我在一本书上读到过,狗本就是特别敏感的动物,主人和爱犬完全有可能患同样的病。

这回,百合音说不定就是被我传染的。

平日里若是看到我和企鹅吵架,百合音就会露出垂头丧气的神情,似乎再也看不下去了。

我想,为了百合音的健康,我还是同企鹅和睦相处吧。

对了,有没有什么办法可以止住打喷嚏啊?

从刚才开始我就打个不停。

每次都把百合音吓得像要跳起来。

平时连雷声都不怕的它,唯一害怕的就是喷嚏。

不过,或许是惊吓过度所致,它那只原本肿得睁不开的眼睛,已经可以睁开了。

越是在这种时候,就越要保持明快积极的情绪。

正当我这样想着,便收到了《山茶文具店》的样书。

这是我的第几部长篇小说呢?

接下来,我打算认真地读一读它。

4月
17
日

书信时间

今天收到了新书。

我开心得无以复加。

这次负责装帧设计的,是名久井直子老师。

所有的细节都十分用心,整本书看起来沉稳又漂亮。

周末的早晨,我打算给负责封面插画的 Shunnshunn[①] 老师,以及负责内文手写书信的萱谷惠子老师各写一封信,以表

[①] 日语名为"しゅんしゅん",此为罗马音。

达谢意。

如果内心没有余裕，人就无法书写。书信就是这样一种东西。

写信人在直面对方的同时，也在直面自己的内心。

倘若内心起伏不定，那就无论如何都写不下去。

因此，能否顺畅地写出一封信，是检验内心状态的晴雨表。

当我非常真诚地想要写些什么时，就会用上珍藏已久的钢笔。

这支百利金的钢笔，是以前Poplar社①的吉田老师送给我的。

将笔尖没入墨水瓶，用力吸满墨水，这个过程我无比喜欢。

每当此时，我就感到不可思议——上次吸入的墨水已经全部化作文字，飞去了某个人身边。

然而，无论多么用心地书写信件，事后重读，我都会从自

---

① 日本的图书出版社之一。

己的文字里感受到某种焦虑。

为了把字写得更漂亮，我报名参加了书法班，开始练字。看起来任重而道远。

在信封上写下收件人的地址、姓名，选好邮票，在背面写下自己的地址、名字。

然后，装入书信，封口。

所有这些，是一整套仪式。

今天，我将细节贯彻到了极致，使用封蜡封口。

将装在小勺里的蜡粒烧熔，浇在信封的封口处，再在上面盖上封蜡印章。

如此一来，蜡会在瞬间凝固，表面呈现印章上的纹样。

我的这套封蜡印章，是许多年前受邀参加罗马文学祭时，在当地巷子里的文具店买到的。

配套的蜡粒特意做成了薄薄的片状，使用起来十分方便。

最后，我称了称整封信的重量。

用的是在柏林跳蚤市场上淘来的小秤。

尽管它浑身上下流露着复古的气质，却能准确称出物品的重量。

如果超重就要多贴一张邮票，这项程序必不可少。

接下来，我只需把信投进邮筒，静待书信送达。

这回的《山茶文具店》，故事主人公波波是一位代笔人，平日里，她也是这样替别人写信的。

我想，这个故事一定很符合我的风格。

小说将于 21 号正式发售！

对了，以熊本为中心的九州岛地震给当地造成了极大的破坏。

我给住在福冈的朋友发了一封邮件，朋友回复我说，地震犹如为地球正骨。

没错，住在地球上的我们，无论如何都没法逃避地震。

因此，我再次意识到，提前做好应对工作十分重要。

愿灾难早日结束。我在心中默默祈祷。

洋食小川

4月28日

不愧是镰仓

久违的镰仓之行。

从东京出发,搭乘湘南新宿线,大约一小时便抵达了镰仓。

到北镰仓时,空气猛地变得清新起来,仿佛进入了另一个世界。

这里绿意葱茏,连时间也放缓了脚步。

我此次前来,是为完成综艺节目《国王的早午餐》的拍摄工作。

我与工作人员在车站会合,一同前往小说中提到的地点,一路闲聊。

不愧是镰仓,感觉真的很棒。

虽然我只在这里小住过数月,但有或没有这段时光,于我的人生而言,差别很大。

话说回来,为什么镰仓的居民看上去如此"浓密"?

这里的浓密,指的不是人口密度,而是凝聚在他们身上的某种能量。

住在镰仓绝不轻松。

这里湿气重、虫子多,随处是坡道,相比于东京,镰仓算不上"便利"。

因此,如果纯粹是基于憧憬而住下来,是无法在镰仓扎根的。

长住镰仓的人拥有一种强烈的意志,那就是"我希望住在这片土地上"。

他们往往能够享受这里的种种不便。

久违的镰仓散步让我无比怀念三年前在这里小住的时光。

洋食小川

如果条件允许,我希望能够再次住到镰仓来,而且要尽可能地选择靠海的位置。说不定这样也不错,我暗暗地想着。

这回我还带上了百合音。
因此,这趟行程也算是百合音在镰仓的"出道"。
镰仓的环境对狗狗非常友好。
在我工作期间,和希老师帮忙照看百合音。
百合音跟着和希老师养的拉布拉多犬艾琳吉一块儿散步,看起来十分享受。
镰仓有许多神社、寺院,最不缺的就是散步路线。

百合音热衷于和其他狗狗玩耍,尤其喜欢大型犬。因此,能够和艾琳一起玩,对它来说是莫大的幸福。
说实话,把体重五公斤的百合音装在宠物箱里一路带过来,是很费力的,却也很值得。
我和它都尽情呼吸着镰仓的空气。
这里新绿深深,处处花开,美丽极了。
只要身在镰仓,我就忍不住一次又一次地深呼吸。

这趟远足把我和百合音都累坏了,在返程的列车上,一人一犬酣然入梦。

到家后,百合音仍旧动也不动,睡得香甜。

一脸满足的模样。

再过不久,镰仓即将迎来绣球花盛放的季节。

段葛①的施工也已结束。要是能够拿着书,怀着郊游的心情在镰仓四处闲逛,该是多么幸福。

在镰仓写一封信,听起来也很不错,对不对?

---

① 从JR(Japan Railways,即日本铁路公司)镰仓车站直至鹤冈八幡宫的参拜步道。

5月6日

烹饪、烹饪、品尝、烹饪

今年的"五一"黄金周,我过得犹如新年。

待在家里更觉安静。去附近散步的时候,四周静悄悄的。

连休的第一天我去了蔬果店,发现藠头已经上市。

又到这个季节了呀。想到这儿,我自然而然地伸出手去拿了一些。

回到家,先用清水冲洗藠头,品相十分不错。藠头极易长芽,必须尽快处理。

我将藠头洗净,去掉根须和头部,佐以热调味汁腌渍。

说起来，每年我都是凭感觉制作它的调味汁的。因此，有的年份成品非常可口，有的年份则一言难尽。

记得去年的藠头就特别好吃。

今年，我打算用家里剩余的梅醋来腌渍。不知味道会如何。

翌日清晨，沐浴在朝阳下的藠头，看起来清清爽爽。

最近做菜，我喜欢参考野村纮子女士所著的料理书。

她是料理家野村友里女士的母亲，做的菜格外有美感。

我手上的这本《不会消失的菜谱》，按季节的顺序介绍了数道纮子女士惯做的料理。

在这些料理里面，我最想亲手一试的是"鲜虾莲藕卷"。简单来说，就是将虾肉和莲藕剁碎，裹上春卷皮，用油炸了吃。

初次试做，我用的不是春卷皮，而是比它更薄的馄饨皮。

第二天早晨，我用头天晚上剩下的鲜虾莲藕卷煮了汤，搭配从台湾买回来的米粉一起吃。这种吃法也很美味。

我琢磨着，除了虾和莲藕，说不定也可以加点香菜做点缀。

在这道菜之外，我还做了别的料理，比如用应季的芦笋做了法式烤蛋饼，用石垣岛公婆家寄来的菠萝做了水果馅饼。

烹饪、烹饪、品尝、烹饪，整个黄金周我都待在厨房里做菜。

带百合音去宠物美容院修毛，回来时它全身光秃秃的。

修毛之前，我跟美容师沟通过，说："请为它剃个光头。"其实"夏季款"是个不错的表达，结果剪成了"经济款"。

今年冬天，百合音只好披着"经济款"过冬了。我对它感到有些抱歉，可是没办法，谁叫它的毛长得那么快。

百合音的美容费一点也不便宜。

在开得大大的窗户边，百合音舒适地进入了梦乡。

连休已经结束，我的心里有些许伤感。

5月20日
在『书与coffee』咖啡馆

又到了黄昏时分啤酒醉人的季节。

从澡堂回家后,我会先将晚餐准备妥当,然后就着下酒菜小酌一杯,分外惬意。

倘若季节的流转就此停驻,该有多好。

这时,窗外有风拂过,清新怡人。

距离《山茶文具店》的出版,已经过去了一个月。

也许因为这是一个以书信为主题的故事,我收到了大量(真的是大量)读者的来信和卡片,发自内心地感激不已。

洋食小川

谢谢大家!

原来大家都有稳稳地接住我扔过去的球呢。此时此刻,我真切地感受到了这一点。

当然,这并不是说一百个人里就一定有一百个人能理解我的想法,我也不可能得到所有人的肯定。尽管如此,我的所思所想依旧抵达了理解它的人身边。想到这儿,我有些喜不自禁。

在书写小说的过程中,我其实并没有那么幸福。

不如说,以辛苦居多。

但是,当我揭开故事的瓶盖,心中变得一片轻盈后,在不知不觉间,就完成了这个剔透豁达的故事。

如今,结合各种要素来看,能够写出这部作品,确是好事一桩。

出道八年,我总算能够卸下重负,自在地写作了。

中午与果酱铺子 mitsukoji[①] 的朋友结伴去吃西班牙料理。

---

① 日语名为"みつこじ",此为罗马音。

我们都没想到，mitsukoji 的果酱竟然能在英国果酱大赛上荣获金奖。

于是我们约了这顿午餐，以示庆贺。

周五下午，我时常像今天这样，或是与朋友见见面，或是优哉游哉地拐进喜欢的咖啡店。

最近，我一直将采访安排在周五下午，已经很久没有享受过工作以外的闲暇时光了。

路过眼镜店时，我看中了摆在橱窗里的墨镜，当即决定买下。

这段时间，我的眼睛不太舒服。

听说想要保护眼睛的话，最好是在平时外出散步时，也戴着墨镜。

墨镜似乎是比利时的品牌，没有现货，下单后寄出，大约要过两周才能送到我手中。

我一直想给自己买一副墨镜。能够遇见它，挺好。

这里有个消息与大家分享。

洋食小川

我们准备举办一次茶话会,地点是在周五下午我常去的"书与 coffee"咖啡馆。

嘉宾方面,我们邀请了《山茶文具店》中所有书信的代笔人萱谷惠子老师。

与此同时,现场还有我的个人书展。

欢迎大家有空来玩。

我真的很喜欢"书与 coffee"。

二楼的"2nd story(二层故事)"专柜摆着许多有意思的玩意。每次我都会忍不住买几张明信片,或是可爱的小点心。

能在自己喜欢的地方举办茶话会和个人书展,我很开心。

期待与大家相见!

5月31日　擦拭、擦拭、擦拭、擦拭

我似乎摁下了体内的扫除开关。

周日早晨起床后，我忽然很想打扫卫生。

之前我没有察觉，今天仔细一瞧，发现家里的地板很脏。

虽然乍一看不太明显，但和铺着地毯的位置一比，简直差别巨大。

尤其我家还养了狗，也许在不知不觉间，地板就脏了。

平日里，我一般将这项任务交给扫地机器人，不过，有的污渍连扫地机器人也没辙。

因此，我决定拿出抹布，来一次大规模的清洁。

以前我都是用清水打湿抹布后直接擦拭各处的，这回脑海里忽然灵光一闪，加入了小苏打。

从结果来看，我的做法非常明智。之前我完全想不到家里可以干净到这个地步。

几年前，我曾拜托保洁公司上门服务过，因为觉得他们更专业。工作人员非常认真，清洁效果也的确不错，但是结束后，我对洗涤剂的气味十分在意。

平时，我家一般使用温和无味的清洁剂，对家庭环境没什么影响。合成洗涤剂的气味闻多了，我会头痛。如果保洁人员是用小苏打来清洁地面，我会非常乐意拜托他们。但是，愿意这样做的保洁公司应该不多。

还有厨房的地面，本以为绝对没法清除的顽固污渍，用加了小苏打的水一擦便干净了。

没想到这么简单，或许打扫卫生这件事我今后再也不必假手于人了。当然，换气扇之类自己没法擦拭的地方另说。

我专心致志地擦了几小时，整个屋子变得亮堂堂的。地板光滑如婴儿的肌肤。

我决定将每年的大扫除定在这个时期。因为每到夏天，我家便会处于长期空置的状态。离开之前，不如好好打扫一次卫生，心情也会跟着舒朗许多。

地板擦干净后，该擦窗了。擦窗看似简单，实则最花时间。

不过，窗明几净的感觉是真的好。对了，听说在德国，家里的窗户要是脏了，会被邻居批评。

德国人真是热爱打扫。我得向他们学习！

今日是五月的最后一天。

从明天起，便是六月了。

6月6日

去镰仓

上周四去了镰仓,然后留宿了一夜。

那里果然宜居啊。

该怎么形容那里的氛围呢?

时间的流逝仿佛理应如此,又仿佛天然如此。

夜里,独自一人宿在陌生的房间,我着实有点害怕。不过没有遇到令人担心的鬼压床,我不由得松了口气。

说不定是因为枕边放着我从家里带来的岩盐。

清晨,我在婉转的莺啼声中醒来,顿觉心旷神怡。

光是听着鸟儿的鸣叫声，我的情绪就变得格外平静。

作为观光胜地的鹤冈八幡宫固然不错，但我认为，镰仓最大的魅力，在于它拥有一种不徐不疾的气质。
哪怕只是四处走走，也令人感觉幸福。
河水潺潺，鸟鸣啁啾，路边的野花次第绽放。
绣球花盛放的季节即将来临。

镰仓有好几处观赏绣球的名所，比如明月院之类。不过，不去这些拥挤的地方凑热闹也无妨，当地可以亲近绣球的地方实在太多了。

由于第二天要在"书与coffee"参加茶话会，我便买了鸽子黄油饼干[①]，准备作为纪念品带给大家。
这款鸽子黄油饼干不仅深受游客欢迎，而且当地的居民也很爱吃。我想，没有比这更棒的礼物了。

[①] 一款由镰仓当地的点心店丰岛屋发明的点心，是镰仓的代表性特产。

丰岛屋的美味点心还有很多，可不止鸽子黄油饼干。

有一款点心也是鸽子的形状，口感类似落雁①，小小的一只，我很喜欢。

至于名字，一时想不起来了。

茶话会上来了许多读者。

我与负责内文手写书信的萱谷惠子老师、负责封面插画的Shunnshunn老师并排而坐，愉快地聊天。

包括我在内，我们三人皆以"kaku②"为职业。

萱谷老师所说的"书信亦讲究时刻"，给我留下了深刻印象。

的确如此。

我们不必因为一封信写得不好就放弃示人，也许"写得不好"本身，便体现了当下的心情。

---

① 将糯米粉或豆粉与砂糖、麦芽糖等混合，放入木质模具制成的各种形状的点心。
② 在日语中，表示写作、书写的"書く"，与表示绘画的"描く"，发音都是"kaku"。

还有，字不美不要紧，字里行间包含真情实意才最重要。

只要是带着感情认认真真地去写的，就算字不美，收信人也能读出其间的诚意。

萱谷老师为《山茶文具店》写的那些信，实物非常漂亮。希望大家抓紧机会，细细欣赏。

看着占据了整整一面墙的自己的书，我有些愕然。

八年来，我竟然出版了这么多书。

平日里我忙于写作，关注点永远只在手中的那一部作品上，其实也在一步一步慢慢往前。待我回过神，已经来到了远离起点之处。

能够把八年时间都花在"写作"这件事上，无疑是幸福的。

发自内心地感谢长久以来予我支持的读者。

同时，我会努力将下一本书带到大家面前。

茶话会的尾声，我回答了读者的各种提问。再之后，便是我的个人总结会。唉，要是当时能用别的方式来表述就好了，其实聊聊"那个话题"也不错。

总之,茶话会非常有意思。

能以如此轻松的方式和读者们见面聊天,实在是太开心了。

衷心感谢参加茶话会的各位。

希望未来某天,我们会在别处相见!

又及,很快便是品尝咖啡冻的季节了。

做法非常简单。

在约四百毫升的浓咖啡里加入一袋吉利丁粉(鱼胶粉),待其彻底溶解,放进冰箱冷藏室,凝固后即可食用。

用这种方法做出的咖啡冻,口感格外有弹性。

吃之前可适当淋一些蜂蜜和牛奶。

炎炎夏日,没有人能够拒绝这道甜点。

6月
14
日

今年夏天

眨眼之间,这天就到了。

在镰仓留宿一夜后,我又在山形和广岛各住了一晚,接连数日各处奔波。

去广岛是为了拜访在工作上对我关照有加的书店。

《山茶文具店》能够得到大家的支持,我非常开心。

谢谢大家!

从广岛返回东京时,因为我搭乘的是新干线,所以中途顺道去了一趟大阪。

洋食 小川

　　我对京都的道路很熟，毕竟已经去过无数次了，相比之下，前往大阪的次数屈指可数。
　　坐在电车上，心情竟然有些紧张。
　　还好顺利买到了裸雏和睦犬。
　　这两种吉祥摆件只能在住吉大社购买。
　　当天热得不得了，但我依旧庆幸自己坚持前去买回了它们。

　　睦犬安安静静地待在家里卫生间的置物架上，以爱守护着彼此。
　　两只狗狗的表情可爱极了。
　　可惜的是，可乐和百合音没法像它们一样。

　　今天，我从清晨就开始打扫卫生。
　　再次用小苏打将厨房擦洗得干干净净。
　　从明天起，我们会出一趟远门。
　　没错，今年夏天，我们决定去柏林度假。
　　不过，和此前不同的是，百合音也将一道前往。
　　它已成为我们的家人，我绝不可能让它独守空房。因此，这回是两人一犬，共同行动。

我打算把百合音装在宠物箱里，随身带上飞机。

如今，搭乘欧美国家的航班，只要符合相关规定，乘客就能将宠物带上飞机。遗憾的是，日本这边的航空公司尚未提供类似的服务。

在飞行途中，百合音虽不能离开宠物箱，但它就待在我脚边，我可以随时留意它的状况，比放在货仓里让人安心得多。

希望明天搭乘飞机时，它能乖乖的。

调味料都已存进冰箱，各种食材基本已被一扫而光。

负责看家的糠床上盖着一层盐盖。

卫生已打扫完毕，报刊暂停订购，行李也已收拾妥当，接下来只需要等明天早晨出发前往机场。

像这样全家同游柏林的机会，不知道将来还能有几次。

说不定这次就是最后一次了。

为此，我要尽情呼吸柏林的空气。

抵达德国后，前去拉脱维亚采风的日子便也近在眼前，我一定要吸收许多许多的能量。

前几天，我从神乐坂的一家商店里买回了一只福达摩。

它的构造和俄罗斯套娃一样，拧开身体的中间部位，会变成上下两段，可以在里面存放一些小东西。

等到九月，要是我与企鹅还有百合音能够健健康康地回来，我就给福达摩画上两只小小的眼睛吧。

然后，每当心愿实现时，我就把它的眼睛画大一点。

6月17日

年满六十九

此刻,柏林这边是早晨七点钟。外面下着雨。

住在对面公寓的一名女子,正透过窗玻璃望着天空。

我们平安抵达了柏林。

在慕尼黑换乘飞机时,听说出了点机械故障,导致航班延误了三小时,还好我们依旧在当天赶到了即将入住的公寓。

算起来,自从在日本上了飞机之后,我们已经整整一天没有睡觉了。

从羽田机场到慕尼黑,飞行时间长达十一个半小时。

我担心如此长时间、远距离的移动,会对百合音造成什么不良的影响,结果一路上它都在呼呼大睡。

不愧是超级"任自然"的性格。

搭乘飞机时,它也过于安静了,我生怕它不舒服,隔一会儿便摇一摇它的身体,谁知每次它都是一脸嫌弃地瞅过来,让我不要打扰它。

在德国,只要给宠物安装好微型芯片,完成相关疫苗的接种,备齐所有的证件,无论是入境还是出境,都格外便捷。

进入德国时,海关检查异常迅速,以至于一切检查都完毕了,我才明白刚才是在检查。

在慕尼黑机场,只要给狗狗套上牵犬绳,甚至可以牵着它散步。反正候机时间充裕得很,我便牵着百合音散了一个长长的步。

这回,从现在直到七月末,我们都将借住在位于克罗伊茨贝格①的安娜女士家。

我已记不清自己是第几次在这套公寓借住了。

我早已对这里的一切了如指掌，哪怕在深夜抵达也十分放心。

从前在柏林，我也借住过好几处别的房子，这套公寓无疑是其中最宜居、最舒适的。

我将行李分门别类地放在房间各处，心情舒畅。

因为昨天刚刚抵达，所以我们需要出门购买洗洁精、蔬菜、肉类，以及百合音的狗粮等。完成采买后，我用从日本带来的大米焖了沙丁鱼饭来吃，之后便带上百合音，去了从前经常去的咖啡店喝咖啡。

咖啡香浓，一如往昔。

企鹅精力充沛地点了牛油果三明治和肉桂卷。

入夜后，我们走进附近的意大利餐厅。

百合音仍旧与我们同行。基本上，这里有室外露天座位的

---

① 德国首都柏林的一个著名区域。

餐厅都可以携带宠物，如果主人想让它们一块儿入内，也有极大的概率能获得准许。

当然，前提是不能吵到别的客人。

来到这里的第一天，百合音的表现还算可圈可点。

我给百合音定下的目标是：旅居期间，它得向那些聪明的柏林狗狗学习，掌握基本礼仪。

大约因为终于来到了心心念念的柏林，百合音露出了心满意足的神情。

写日记的时候，窗外的雨渐渐停了。

今天是企鹅的生日。

他迎来了六字头的最后一年。

因此，对企鹅来说，今年是六九之年，亦是摇滚之年①。

公寓前面有家餐厅，此前他一直表示想去品尝一番。不巧的是，今晚的餐厅因顾客太多没有座位，我们便改为在家庆祝。

愿企鹅能在今年满载而归！

---

① 在日语里，"六九"的发音与"摇滚"一词相近。

6月19日 绿意盎然

来到柏林后的第一个周末。

柏林的氛围究竟应该如何形容呢？我思索着。

一种每每置身此地，就能感受到的时间流逝的正当性。

既非缓慢，又非急促，不知该说是恰到好处，还是分毫不差。总之，时间似乎以它理所应当的姿态流动着。

一直以来，我都无法参透其中的奥秘，不过这回我察觉出来，这或许得益于绿植的力量。

柏林多树。

柏林不光市中心有座开阔的公园，我们寓所的隔壁也有。

整座城市堪比"森林"，遍植行道树。

这在柏林司空见惯，在日本却很难找到同样种满绿树的街道。

我能立刻想起的，是位于银座的某条街。

只要窗外绿树葱葱，情绪就会变得从容不迫。树多意味着鸟儿也多，清脆婉转的鸟鸣声不绝于耳。

依靠这么简单的方法，就能让人松弛下来，心情平静。

我想，日本也该多多种树，可惜现实却无法如愿。

昨天为给企鹅庆生而去的餐厅很棒。

真的，就在街对面。

想着柏林总算有端得出这档料理的餐厅了，我便有些开心。

它肯定能够颠覆某些人心目中柏林是美食荒漠的固有观念。

餐厅的风格平实，不过该庄重的地方依旧庄重，是名副其实的柏林做派。

乍一看去形同树叶的墙上，描绘着香肠、生火腿、章鱼等图案，这些略显极致的细节，也是典型的柏林风格。

对庆祝六十九岁生日的企鹅来说，这里无疑是最棒的餐厅。

今天，我们准备带上百合音前往蒂尔加滕公园。

这是一座位于柏林城区中心的宽阔公园。

据说，从前它是国王的狩猎场。

我与百合音、企鹅一块儿等巴士。

这时，一位老奶奶推着手推车路过。

她用德语主动跟我们搭话。

但是，我与企鹅听得一头雾水。

我们暗自猜测，老奶奶或许在问："巴士还有多久才到呢？"于是，企鹅拼命用手比画，想告诉她还有"三分钟"。

然而，他的表达十分不到位，老奶奶反而继续用德语说个不停。

恰在此时，一对抱着婴儿的夫妇从我们身边经过。

老奶奶转而对那位父亲说了什么。

接着，那位父亲用英语向我们解释。

"今天要举办自行车竞赛，巴士暂停运营。"

没错，老奶奶并非要同我们一起等车，而是努力想要告诉我们，今天巴士不会来。

真是亲切。

不过，老奶奶的这种亲切绝非稀罕事，人在德国，总是能被温柔以待。

在慕尼黑机场，我也得到过类似的帮助。

当时，我们因为无法带百合音进店就餐，十分烦恼。

没想到，一位绅士走到我与百合音面前，主动让出了自己的位子。

他的位子就在窗边，与留在店外的百合音仅隔着一扇玻璃。如果坐在那里就餐，我就可以放心地将百合音拴在店外了。

"我家也养了一只四个月大的小狗。"说完，他又给我看了狗狗的照片。

这些不经意间触碰到的温柔，让我们的旅途变得更加愉悦。

最终，我们打消了前往蒂尔加滕公园的念头，改去了附近的公园。

这座公园建有宽阔的遛狗场，足够我们带着百合音散步，或许真没必要跑那么远。

里面还有专为小朋友而设的微型动物园，是个十分好玩的地方。

今天晚些时候，我打算做饭团。

先煮上在柏林买的鱼沼①产特级越光米，再给秋田食盐"解禁"。

接下来，只要焯熟前几天买好的白香肠，晚饭便大功告成了。

明天我将前往拉脱维亚采风。

柏林有直飞里加的航班，两小时多一点便能抵达。

这是我人生的第二趟拉脱维亚之行。

---

① 位于日本新潟县，此地出产的越光米颇负盛名。

洋食小川

我打心里敬爱这个国家。

为了参加当地的夏至祭,我安排了这趟采风之旅。

此刻,我的心情有点忐忑,仿佛是要去探望久别的恋人。

6月27日 《我的祖国》

我回来了,柏林!

上周五,我离开了拉脱维亚。

返程途中,有前来出差的责编森下老师、插画家平泽摩里子老师做伴。

我们在拉脱维亚会合后,直接返回柏林度周末。

若问我最希望造访柏林的人感受什么,大约便是空气的流动吧,或者可以称作氛围。

假如只是抱着观光的心态来柏林,一定会觉得这里无趣

洋食小川

至极。

虽说它好歹也拥有勃兰登堡门之类的名胜古迹,但是比起观光,这座城市的魅力乃是人的生存之道本身。

为此,我希望两位老师能够怀着打太极拳的心情,细细感受柏林的氛围。

昨天是他们二位柏林之行的最后一天,我们结伴去听柏林爱乐乐团的户外音乐会。

黄昏时分,我们三人在萨维尼广场站的站台碰头,先去了附近的咖啡店小坐。

我们点了啤酒、苏打水、鸡尾酒、白葡萄酒等各自喜欢的酒水。

这里是 2011 年夏天,我初次长住柏林的纪念之地。

当时,我感觉自己身处"西西"(尽管并不存在这个词),这里仿佛并不属于柏林。然而,辗转寄宿各地之后我才明白,这里的环境绝对不差。

只是对我而言,它过于上流社会罢了。

对了，眼下的欧洲迎来了足球赛事的白热化阶段。

每年在这个时候过来，基本都能目睹如此盛况，今年也不例外。赛程后期的欧洲冠军争夺战更是看得众人情绪高涨。

各处的餐馆、酒吧都在户外摆起了椅子，一般而言，大家是通过大屏幕观战，如果遇上高人气赛事，现场甚至会变得人山人海。

如大家所料，德国队势如破竹，顺利挺进了下一赛段。昨天我们在咖啡店碰杯时，德国对战斯洛伐克的比赛正好开始。

隔壁桌的客人为了给德国队加油，竟然在爱犬的脖子上套了一只德国队颜色的项圈。

集体看球可真是最具德国特色的休闲方式。

有意思的是时间差。

当时，我们正通过一旁的电视屏幕观看比赛，刚为德国队捏了把汗，隔壁的店里就已经传来了响亮的叹息声。

怎么了？我一脸莫名其妙，几秒后，便从电视上看到了对方守门员成功拦截德国队进球的画面。

也就是说，隔壁客人看到的比赛画面，比我们这边快了几秒。

令人莞尔。

随后我们离开了咖啡店，没有等到比赛结束。晚餐是在从前经常去的台湾料理店吃的。

尝了锅贴（煎饺）和酸辣面。见老板与老板娘依旧精神抖擞，我放下心来。在东方人眼里，这类餐馆的存在着实十分要紧。

我的胃，无条件地感觉欢喜。

填饱肚子后，我们迅速赶去音乐会现场。

第一首便是《我的祖国》，听得我身上直起鸡皮疙瘩。

一年前的夏天，也是在柏林，我独自一人待在朋友的寓所，不知反复听过这首曲子多少回。

今日演奏的是第二篇章《伏尔塔瓦河》，它是斯美塔那在听觉完全丧失前所作的最后一首曲子。而且，他仅仅花了二十多天，便完成了此曲的创作。

这首曲子描绘了伏尔塔瓦河的壮丽身姿。

波浪喧哗间，河水奔流而下，路过城镇，穿过森林，时而悠然，时而激烈。

从中可以感受到斯美塔那对祖国的深情厚谊。

去年结束拉脱维亚之行后，我便听了这首曲子。它与拉脱维亚人民对祖国的热爱两相重叠，犹如一根木桩，深深刺进了我的胸口。

没想到，今年居然能在柏林爱乐乐团的现场演出中与它重逢。

音乐会结束时，暮色已至。在返回寓所的途中，我仰头望向夜空，只见星辉稀疏。

回到家，百合音跑来迎接我，鼻腔里发出甜美的撒娇声，或许是因为我留它看家的时间太长了。

刚好我的肚子有些饿，便和企鹅分吃了他煮的荞麦面。

拉脱维亚的采风已经结束，客人们也各自离开了。从这周开始，我将回归一如既往的柏林日常。

本以为自己差不多也该厌倦了,实际上却并非如此。

果然,我很喜欢柏林,以及生活在这里的人。

因为你瞧,每个擦肩而过的行人,看起来都是那样幸福。

7月1日 参加夏至祭

此次造访拉脱维亚是为了参加当地的夏至祭。

这里的夏至祭类似日本人过新年,是拉脱维亚民众热切期待的年中庆典。

每年的6月23日和翌日24日都是当地的法定节假日,大部分商店不会营业。在这两天里,巴士一律免费。

城市里的夏至祭逐年庆典化,多以歌唱表演为主。这一次,我参加的是依照拉脱维亚自然崇拜习俗而举办的传统夏至祭。

从里加乘车,两三个小时后,便可抵达位于拉脱维亚西部

库尔泽梅的帕普村。当地的夏至祭特别棒,我此刻回想起来,依旧感觉分外神奇。

大家一块儿编织花冠、分享美食,然后载歌载舞,等待日落。因为是夏至,所以要等到夜里十点半以后,太阳才会完全落山。

然后,众人纷纷涌向附近的海岸,向神明献上祈愿之歌。我觉得这一幕很美。放眼望去,处处宛如电影画面,而我仿佛置身于梦境。

这一天,孩子们也会通宵达旦地庆祝夏至。

根据民间的说法,倘若在中途睡去,那么接下来的一整年都会被视作懒虫。因此,孩子们往往会揉着惺忪的睡眼,努力保持清醒。

日落后,四周燃起篝火,大家围坐在一起,烤火取暖。

坐在我对面的一对年轻男女穿着民族服装，一副情意绵绵的模样。

我原本担心自己没精力熬夜，谁知跟着大家又是唱歌又是跳舞的，不知不觉间，天边就已泛起鱼肚白。

哪怕只是盯着火堆发呆，也能体味平日里无法感受的时间流动。

整整一天，大家分明没做任何特别之事，仅仅因着美食、歌声、舞蹈、沉默，还有谈笑，内心就被填充得满满当当，无比幸福。这是夏至祭教会我的朴素真理。

一生能够参加一次这样的夏至祭，我感到十分满足。

清晨来临，大家就着晨露清洁脸部与双手。

夏至当天编织的花冠，会作为装饰品挂在卧室里一整年。等到来年夏至祭时，再投入篝火中烧掉。

体验过今年的夏至祭，我已完全理解拉脱维亚民众何以对它如此期待了。

将整整一夜都用来唱歌、跳舞、品尝香肠，经历过就会明白，真是相当快乐的事呢。

7月2日

宠物犬二三事

来到柏林后,摆在我面前的第一道难题,是百合音的尿垫。

我去超市找了一圈,压根就没看到它的影子。

货架上狗粮充足,就是不见尿垫。

问了当地一位养狗的朋友,据说这边的主人基本都会让爱犬在户外解决大小便,因此,完全用不上尿垫之类的东西。

这可伤脑筋了。

虽然从日本带了几张过来,但因为我们短期内不会离开柏林,买不到尿垫是很麻烦的。

一般情况下,百合音也能在外面大小便,但每天至少有一次需要用到尿垫。

在自己家也就罢了，这里毕竟是借住的房子，我不想太过随意。

后来我听说，城郊的大型宠物商店好像能够买到尿垫。

我立刻去查，原来隔壁的车站里也有一家，那是柏林市中心最大的宠物商店。

我迫不及待地赶去店里，一找还真有。谢天谢地。

虽然以性能而言，这里的尿垫比不上日本的，但它确确实实是尿垫。

因为不知何时会用完，所以我一口气买了许多。如此一来，稍稍放心了一些。

或许不论阴晴雨雪，当地人都会带着爱犬外出解决大小便。

可是，那些病到无法动弹的狗狗，又该怎么办？

虽然这里的宠物犬基本是在户外解决大小便，但我从未见过主人捡走爱犬的粪便。

更别说像日本人那样，用清水冲掉狗狗的小便了。

我的做法是，每次都会尽量捡起百合音的大便，却没见过其他的主人这么做。

德国相关的法律明文规定，宠物犬外出散步应套上牵犬绳，禁止自由行动，主人也应常备两只拾便袋。但是，几乎有一半以上的主人不会给爱犬套牵犬绳。

听说在有的地区，如果散步时主人没给爱犬套牵犬绳，一旦被警察发现，就得缴纳相应的罚金。

对此我毫不担心。因为只要没有牵犬绳，百合音就会跑得无影无踪，所以带它外出时，我总能记得套上牵犬绳。

从前我一直不曾留意，这回带着百合音散步时才察觉，德国的路面很不干净。

最可怕的，是地上有玻璃瓶的碎片。

举个例子，假设德国足球队输了某场比赛，有的观众会气得把喝完的啤酒瓶直接朝地上掼。

尤其这片街区紧邻土耳其人的聚居区，着实谈不上是举止文明的区域。

那些玻璃碎片几乎溅得满地都是，我看得心惊胆战，生怕狗狗踩上去受伤。

另外还需要小心的是，这里的路面上随处可见食物的残渣。

这个季节，每家餐馆外都设有露天座位，大家坐在一块儿吃吃喝喝，贪吃的百合音会立刻上前，想捡残渣来吃。

如果不及时制止，它便会一口将残渣含到嘴里，危险至极。

柏林，或者说德国，对宠物犬非常友好，使得它们拥有着理想的居住环境。

在宠物犬的幼年期，主人一般会陪它去子犬教室学习社交礼仪，因此大部分狗狗能够获得良好的社会化训练。

走在街上，即便主人率先过了街，落在身后的狗狗也会乖乖地等待红灯转绿再走；主人在餐馆用餐时，狗狗则会安安静静地趴在桌下，不吵不闹。

这些事情，百合音一件也做不来。

不过，良好的教养也就意味着，哪怕狗狗在路上遇见，之间的寒暄也格外冷淡。

招呼是会打的，但也仅此而已。

不像日本的宠物犬，会在一起玩很长时间。

对此，百合音似乎颇为不满。

它本就喜欢同类，想和它们尽情玩耍，可惜在这边总是交不到朋友，因此积累了不少压力。

加上现在不像以前，每周能去一天幼儿园，这或许也带给了它一定的压力。

这样想着，我便带它去了遛狗场。

幸运的是，地点恰好就在寓所附近的大公园里。

而且不像日本那样需要注册才能入内。于是，百合音开开心心地玩了个痛快。

它懵懂地察觉到这里的环境与往常不同，一开始蜷在我的脚边一动不动。十分钟后，来了一只蚕豆似的杰克拉塞尔梗犬，百合音立刻凑上前去，和它一块儿奔跑嬉闹。

这边很少能够见到类似百合音的宠物犬。

换作在日本，任意两只宠物犬里起码有一只会是泰迪，而在这边，至今我只见过一只。

德国的狗狗与其说是宠物，不如说更像主人的家人或保镖，模样威风凛凛，体形也相对较大。

多亏有蚕豆杰克拉塞尔梗犬做伴，百合音久违地又化作了"百合野牛"，闹腾极了。

它在宽阔的遛狗场上奔跑撒欢，像只兔子。

果然，旁人也觉得百合音并拢前后腿、一蹦一蹦往前奔跑的姿势非常有趣，笑得停不下来。

遛狗场的一角有片水洼，眼看别的狗狗在那里玩得浑身是泥，百合音也冲了过去，很快变得一身黑。

许久没见百合音玩得这么恣意了，我不禁松了口气。

不过，其中有一只公狗，老是缠着百合音，甚至压在它的身上扭腰求欢，让我不知如何应对。

眼看百合音被骚扰得有些不耐烦了，我立刻把它抱到了怀里，谁知那只公狗竟然跳着飞扑了过来。

如果是在日本，这种情况下，主人多半会抱起爱犬予以保护，这边却不提倡我们这么做。

听旁人说，一旦我抱起百合音，公狗反倒会更加来劲，甚至会想要扑过来，因此还是别抱为好。

看来，我也得一点一滴地学习才是。

因为玩得太脏，所以回到家，我立刻给百合音洗了澡。

原本以为它在这边会比在日本干净，结果正相反，身处柏林的百合音倒是更脏了一些。

接下来，为了纪念百合音在德国遛狗场的"出道"，我拿出两罐啤酒，与企鹅干杯。

今天的晚餐是肉沫咖喱。

时间过得真快，我在柏林已经生活两周了。

7月4日 卡露纳老师

我此次前来德国的一个重要目的,是接受卡露纳老师的阿育吠陀推拿理疗。

去年夏天,我独自住在这边的时候,误以为卡露纳老师已经不再营业了,情绪有些消沉。不久后,我得知店铺只是迁往了别处,这才松了口气。

卡露纳老师无疑有双妙手,按摩时似乎能用手指裹住客人的全身,让肌肉得以放松。

无关性别,店内的客人一概要赤身裸体地接受按摩。我的感觉是，犹如回归了婴儿时期，任其抚弄。

一旦躺到床上，客人便只能将身体交给卡露纳老师，待理疗结束后，内心会有焕然一新的感觉。

我经常带着来柏林旅游的朋友去卡露纳老师那儿，尤其是平日里容易积累疲劳的编辑。做完理疗，看着他们容光焕发的模样，我惊讶极了。

卡露纳老师的按摩技术毋庸置疑，不过，真正让我们重回健康开朗状态的，是老师乐观坚韧的精神。

一言以蔽之，卡露纳老师是太阳。

只要站在老师面前，任谁都会开怀一笑。

卡露纳老师便是这样的人。

这一回，我也满心期待能够见到卡露纳老师，并接受老师的推拿理疗。

首先，为了让从日本远道而来的《拇指手套》的制作班底也能体验老师的手法，我提前拜访了老师的新店。

实际情况却让我呆若木鸡。

老师的身体比从前小了好几圈。

头发也几乎掉光了。

我一时间瞠目结舌。不过,能够再次相见,我依然很高兴,于是一言不发地抱住老师。

原来,在我毫不知情的时候,老师生了重病,并且坚持与病魔搏斗至今。

有一次,为了预约理疗的时间,我从日本给老师打了一个电话。老师的声音听起来饱满有力,我便完全没有察觉。

明明是那样精力充沛的一个人,愿意为抚平他人的创伤和痛苦倾尽全力。也许正因为如此,才会把那些不好的东西吸收到自己的身上吧。

老师的体重掉了将近二十公斤,面容也不复从前那般神采奕奕。尽管如此,老师的精神力却越发强韧,连续两天都在为我的责编和插画师做理疗。

老师告诉我,做阿育吠陀推拿理疗是自己的天职。

然而两天后,老师的身体扛不住了,因此没能给我按摩。

前些天早晨,老师打来电话,说自己的状态不大好,还发了烧，原本约在当天的理疗只能取消了。电话里，老师哭着对我道歉。

我想，老师一定感到很辛苦吧，连说话都这样费力，听起来让人很心酸。

于是，我对老师说："这都是小事，千万别介意。眼下，您无论如何都要安心静养，等您的身体好起来，我再上门叨扰。"

也不知我有没有把心意顺利传达过去。

我琢磨着，不如明天吧，用自己蹩脚的英语写一封信寄给老师。

希望卡露纳老师早日恢复健康。我发自内心地祈祷着。

7月10日 拉脱维亚制造

每天早晨都在用拉脱维亚的茶包泡茶喝。据说里面加了薄荷和牡丹花瓣,有美容养颜的功效。

上一次从拉脱维亚买回的各种特产里,最合我意的是护肤品。比如添加了蜂蜜的面霜,用蜂蜜制成的手工皂之类,都非常好用。可惜每样我都只买了一件,真是后悔莫及。

然而,最让我吃惊的是,那支被我带回日本的唇膏竟然腐坏了。

也许用"腐坏"这个词有些言过其实,总之就是彻底变了质。

以前我总觉得,唇膏这种东西,没那么容易变质。其实大

错特错。因为它不含防腐剂，所以也像食物一样，时间一长便会氧化。

这次我多买了几块蜂蜜手工皂，想着在柏林期间能够派上用场。光看颜色可能有些败兴，实际使用起来，会发现蜂蜜的量很足，我甚至有种在用蜂蜜洗澡的奢侈错觉。

香气淡雅甜美，令人感到幸福。里面还加了天然蜂蜡。因为手工皂是用天然材料制成的，所以用得很快。

我对阳光（紫外线）过敏，去年冬天，一不留神多晒了会儿太阳，面部的皮肤到现在仍旧是红彤彤的一片，如同烧伤。我用拉脱维亚的蜂蜜面霜涂脸后，这种状况渐渐有所改善。

此外，我还买了菩提乳液、添加了玫瑰精华的眼霜，这些也全是用天然材料制成的，可以毫无心理负担地使用。

如果朋友要去拉脱维亚，我一定会推荐他购买一款名为 Evija 的外用药膏。可以肯定的是，这款药膏添加了蜂蜜，别的成分则属于商业机密。反正它相当万能，烧伤、擦伤、割伤，甚至蚊虫咬伤，都能涂抹。

对拉脱维亚人来说，它是生活中必不可少的一款药膏。每当皮肤瘙痒或被蚊虫叮咬时，我就会立刻涂点 Evija。

如果百合音抓伤了自己，我也会给它涂 Evija。总之，狗狗和婴儿都能安心使用，这让我十分开心。像这样，将古老的药草知识运用于普通日常的做法，就是拉脱维亚人的生活。

这次，我还在当地买了些原木手工制品。包括杯垫、汤匙和量勺。

因为每件手工制品的形状都有微妙的不同，所以寻找称手器具的过程最是有趣。

在利耶帕亚，我造访了一位木匠的工作室。即便是用木头制作篮子，他也会使用不再开花结果的老梅树树干，并且尽量不造成浪费，最大限度地活用来自大自然的恩泽。

除了木材的使用方式，在日常生活的方方面面，我都能感受到当地人的谦和，以及对支撑自己衣食住用的大自然所持有的感恩之心。

记得去年我也在日记里提到过，听说他们在修路时，如果发现路边长着柏树、菩提、苹果、白桦等在拉脱维亚自然崇拜中被视为神木的树，当地人宁可绕道施工，也绝不伐木。我由衷地感叹，这里的人实在太温和了。

而且，他们深知这一做法会在不久的将来为自己带来福祉。于是，我又想，这里的人也实在很聪明。

虽说很难将人口超过一亿的日本和人口仅有两百万的拉脱维亚放在天平的两端比较，但是毫无疑问，拉脱维亚人在这类问题上的思考模式，更加令我神往。

正因为只有两百万人，他们才能做出聪明的选择。

对了，这趟旅行中我还买到了一张蓝色的桌布。

当然也是手工织造的。

在这个国家，与衣食住用相关的各类基本用具，都是手工制成的。

桌布的面料不是麻，而是亚麻。

据说在过去，姑娘们会大量制作这样的纺织物与编织品，然后满满地装进带盖的长方形衣箱中，嫁入夫家。

拉脱维亚产品的优点，在我返回日本后的实际使用过程中，变得越发明显。

我在各地旅行时，往往会因为过于兴奋而冲动消费，等回到日本，准备使用了，才会认真反省："咦，当时为什么要买它？"

然而，如果是 made in Latvija（拉脱维亚制造），我就很少后悔，并且它们也能迅速地融入我的日常生活中。

或许原因在于，它们不是单单作为纪念品被制造出来的（当然，拉脱维亚也不是没有纪念品）。

手工制品是因人的需求而存在的。因而作为日常生活的必需品，它们没有多余的"媚态"。大约就是这个道理吧。

7月15日

物物交换

我的寓所门前种着两棵守护神般的大树,是这条街的象征。

树下安置了长椅,椅子上时常放着旧物,有点"这些东西我不需要,但它们还能继续使用"的意思。

当地人不会立刻将旧物当作垃圾扔掉。

自己不需要的东西,说不定对别人有用,因此在处理旧物时,他们习惯将东西先放在家门口,意思是"若有需要,尽管拿走"。

去年我曾借住在朋友的公寓长达半月,说起来,那套公寓的楼梯平台上也放着旧物。

不如我也放点什么过去。我这样想着，找出几本导游册子和几张地图。它们是我在拉脱维亚旅行时获得的，现在已派不上用场了。

我本以为不会有人想要这类东西，几天后一瞧，册子和地图都被拿走了。我很开心。

前阵子，树下的长椅上放了婴儿的哺乳瓶和洗脸盆等。

一定是因为孩子已经长大，这些物品也完成了各自的使命。

我见其中有只小小的玩偶，心想百合音一定会喜欢的，回家前来取吧。结果，等我回来时，玩偶已经被别人拿走了。

看来大家争夺得很激烈。

此外，日本随处可见的超市塑料袋，使用干洗服务后必定附赠的衣架、橡皮圈，在柏林都是稀有物品。

一般来说，在日本购物，如果自备了环保购物袋，结账时会有一定的折扣。柏林这边的塑料袋则需要购买。

袋子一般放在超市收银台的前面，需要的话可自行购买。

但是，现场经常没有袋子，大家买完东西，要么只能塞进自己的包里，要么直接拿着离开。

两个国家的做法，看似区别不大，实则差异显著。

所以说，这边一般不存在家里的塑料袋多到用不完的情况。

顺便一提，要体会这边的塑料袋有多珍贵，看看百合音就知道了。它的拾便袋是我从日本带过来的，一直没有换。

我大概会用到离开柏林为止吧，最后直接将它带回日本。

这样也挺好。

最近，企鹅买了新的帆布背包，旧的我便打算放到长椅上。

虽说不是面对面交易，但也算得上某种特殊的物物交换。

在这边，即使是穿了很久的鞋，拿到旧物回收店去，也能卖到不错的价钱。

像日本那样，大量生产廉价商品，鼓励大家用完即扔，确实可以拉动经济发展。但是，我更喜欢德国或者说柏林这边珍惜一切、物尽其用的做法。

比如我曾见过把长靴当花盆用的例子，柏林人真是别出心裁又自得其乐。

今天晚些时候，我打算去逛柏林的市集。

每到周四，当地别有风情的旧市场上就会摆起各式小摊。

卖的东西便宜又好吃。

上周，我在那里吃了意面、饺子和章鱼烧。

甚至有在卖手抓三明治的店。看来即便是在柏林，日本人也在很努力地生活呢。

> 7月19日
>
> 宠物犬美容师出差中

这回带着百合音来柏林,最令我担心的就是宠物美容。

百合音的毛长得很快,基本上五到六周就得修剪一次。

当然,柏林也不是没有宠物美容院,但毕竟言语不通,审美也不一样,我便打算想想别的办法。

东京的我家附近有两家宠物美容院。

不过在这边,就连需要修毛的宠物犬我也很少看到。

我时不时会在街上遇见不知什么犬种的狗狗披着一身长毛,或者梳着脏辫。

说到底，是这边的主人没有为狗狗花钱的意识。

这边的人对宠物美容的理解似乎非常有限，他们认为给狗狗修毛即虐犬。

因此，看到像可乐一样整洁的狗狗，我会松一口气。

那么，该上哪儿去给百合音修毛呢？我正烦恼着，忽然收到了一条好消息。

我认识的一位日本宠物美容师，竟然也来了柏林。

没有比这让我更放心的喜讯了。

而且，美容师更新了签证，说这个夏天会一直待在柏林。

来这边之前，我曾向她请教过与狗粮相关的各种知识。

她还告诉了我在哪里可以买到宠物犬尿垫，多亏有她，我才不至于手忙脚乱。

周末，她来到寓所为百合音修毛。

没错，就是"宠物犬美容师出差中"。

她慢悠悠地骑着自行车的模样，是十足的柏林范儿。

往常百合音在修毛时，我都是将它独自留在美容院的，对于修毛的过程，我其实充满好奇。

这回换成了在自己家,百合音也能稍稍安下心了。

咔嚓咔嚓,咔嚓咔嚓。
美容师格外仔细,修了大约三小时。
结束后,我们结伴去附近吃中华料理。
她是个年轻又可爱的姑娘。

果然,日本人与柏林人对于修毛的审美是不同的。
这边的大部分宠物犬,都在嘴巴周围留了一圈半长不短的毛,看起来不大整洁。我思索着其中的原因,心想或许对这边的人来说,狗狗就该是这种"造型"。
因此,如果美容师把狗狗嘴周的毛修剪得整整齐齐,德国的客人反倒无法接受。
通俗点说,这里的宠物犬清一色地留着雪纳瑞式的嘴毛。

是的,雪纳瑞。
这种狗狗在日本十分常见,在德国却很罕见。
当地较多的宠物犬种是"巨型雪纳瑞",就凭我的眼睛,很难分辨它们究竟是不是真的雪纳瑞。

不过，最近似乎流行法国斗牛犬，我在外出时经常见到。

或许在不久的将来，柏林也会出现给狗狗穿衣的主人。

以前总觉得这里净是大型宠物犬，其实小型犬的数量也正在逐年增多，或许有一天，宠物美容也会流行起来。

说起来，有不少日本人在柏林从事宠物美容师的工作，因此我想，这不正好说明技术娴熟、做事周全的日本人越来越受欢迎了吗？

今天请日本按摩师为我做了泰式古法按摩。

按摩也是日本人的强项。

不过，在柏林很少能够看见像日本那么多的按摩店、针灸店、正骨店，也许因为日本人确实过得疲惫不堪吧。

7月24日

个人美术馆

昨夜十分安静。

大体上说,这边的周末总是热闹非凡的。可昨天明明天气不错,四周却静悄悄的。

也许是因为发生在慕尼黑的枪击事件。

虽说这次不太像是恐怖袭击,但那无疑是一桩惨痛的意外事件。

昨天去逛了今年四月开放参观的弗尔睿典藏美术馆。

仅就外观而言,我完全没法看出这里是一座美术馆。

它的主体部分是始建于1943年的通信基地，据说墙壁厚达七厘米，是个阴森恐怖的地方。

不过，待它1945年彻底完工时，战争已经结束，因此这里并未作为通信基地投入使用过。

听说这里后来变成了战后储存食品的仓库。

再后来，这整栋建筑被买下，用于展览私人收藏的美术品了，是为弗尔睿典藏美术馆。

馆内寒气森森。

首先，我们在一片漆黑的厅堂内听了一会儿音乐，待心情彻底平静后，前往位于负一层的展厅。

展品以东方艺术作品为主，有融合了佛教与印度教的佛像等。佛像的展览方式非常独特，一片薄暗中，若隐若现，仿佛浮于光线之上。

此外，展厅的对面有一片巨大的水池，据说是引了河水建成的。不知为何，这里给我一种不可思议的感觉，犹如迷失在了古代的遗迹中。

每尊佛像都未标注建造年代，仿佛将它们陈列在那里，只是为了供人欣赏其自身的美。

馆内禁止摄影。

我想，只有亲自踏足并实际体验这片空间，才能尽情享受"美好"本身。

此外，馆内还展出了中国古代的石造桌椅、日本摄影师荒木经惟的摄影作品等，展览理念十分不羁。

但所有的展品都能与这片空间完美融合，不愧是柏林做派。

据说，弗尔睿先生从十七岁时便开始收藏艺术作品。在他的藏品中，有一把公元前二世纪仅供中国君王使用的座椅。

馆内还有一间可以焚香冥想的"香道厅"，展览以独特有趣的视角，捕捉着东方文化的精髓。遗憾的是，参观当日并未开放焚香体验。

平日里，自称佛教徒的企鹅总说佛教并非宗教，而是科学。这回他却发自内心地感叹，原来佛教也是艺术啊。

每尊佛像都庄严地立在那里，神情慈悲。

除了弗尔睿典藏美术馆，柏林还有另一座私人美术馆，即波洛斯私人收藏馆，那里曾是第二次世界大战期间柏林的一处大型防空地堡。

我们寓所外的大街上有一座很大的给水塔，一位富豪在塔顶建了座房子居住，这种对旧建筑的利用方式真可谓独树一帜。

看来，"没有地震"这件事，无论是对当地的房屋建造还是城市规划，都产生了巨大的影响。

明天我将前往立陶宛，展开一趟短期旅行。

我已去过两次拉脱维亚，立陶宛尚属首次造访。

对企鹅而言，这是他的初次波罗的海三国之旅。

波罗的海三国中，数立陶宛和拉脱维亚在文化、语言方面最为相近。

不过，听说两国之间也有微妙的差异，希望我能在旅途中亲身体验。

从柏林前往欧洲的其他国家，总会给我一种在国内旅行的错觉，必须加倍小心才行，否则很容易忘带护照。

百合音被我寄养在宠物美容师的家中。

8月2日

正义感

从立陶宛返回了柏林。

果然,它给我的印象与拉脱维亚有些不一样。

首都维尔纽斯的市容令我想起法国与意大利,建筑物大多清清淡淡,与里加老城区那种中世纪德国的氛围迥然不同。

这座城市淡雅而温柔,整体偏向女性化,给人从容不迫的印象。

另外,与拉脱维亚相比,这里更明显地受到了俄罗斯的影响。

很快我便明白了个中缘由。

在波罗的海三国共同要求从苏联独立时，只有立陶宛没有驱逐当地的俄罗斯人。

立陶宛人的宗教信仰自古就是建立在自然崇拜基础上的多神教，后来，立陶宛接纳了基督教的传入并转为了基督教国家。我想，一定是因为这里的人心胸宽广，对外部文化秉持着温和的态度。

相较而言，拉脱维亚人以祖国为傲，倾向于凭借强韧的精神力守护本国的文化与传统。

以上便是拉脱维亚与立陶宛的巨大差异。

我在立陶宛待了三天，中间那天去了考纳斯。

提到立陶宛，我就会想起杉原千亩。

他被称为日本的辛德勒，在二战期间挽救了众多犹太人的生命。

其中有大人，也有小孩，总计大约有六千人。

在杉原先生当年就任的旧日本领事馆内，有一座杉原纪念馆。从维尔纽斯搭乘电车，一小时后便能抵达考纳斯。

1939年8月28日，杉原先生以外交官的身份赶赴考纳斯。

四天后的9月1日，纳粹德国进攻波兰，第二次世界大战全面爆发。

实际来到这里便会发现，即便是在今天，考纳斯也绝对算不上是大城市，当年究竟有多少日本人住在这里，其实不好说。

时至今日，考纳斯依旧如同欧洲的边境小城。七十多年前，杉原先生携家属前来赴任，便是住在这样一个地方。

他内心一定忐忑难安吧。

杉原先生毅然违抗日本政府的命令，给许多难民发放了签证。

听闻这是他苦苦思索后做出的决定。

哪怕自己与家人会遭遇不测。带着这样的觉悟，他以"人道在上，不可拒绝"为由，向众多难民发放了签证。

我打心底里钦佩他的勇气与正义感。

生而为人，当做正义之事。此话说来简单，一旦牵涉到家人，常常很难兑现。

更别说面对如此困境，主动伸出援手。杉原先生真的非常了不起。

如今身处德国，我切实体悟到了何为"正义感"。

面对遇到困难的人，哪怕自己会受点损失，也要提供些许帮助，这种基本的正义感在当地表现得非常明显。

他们对待难民如此，对待身边的陌生人亦是如此。哪怕是换乘电车这种小事，如果搞不懂路线，他们也会立刻告诉你。

对德国人来说，这是他们反省的方式，反省当年纳粹德国犯下的罪行，以及民众对纳粹德国的支持。

这种"反省"的态度，已被他们铭记在内心深处。

雨终于停了。

周末，我们手忙脚乱地收拾行李，开始搬家。

现在，我们已搬到位于米特区的公寓。

寓所里有五个小朋友，而且全是男孩。

公寓非常宽敞（三百平方米）。

就这样，我们在小孩众多的朋友家住了下来。

从性别来看，我成了绝对的少数派。

接下来,"应该不会如此吧"的事情,接二连三地发生了。

比如英国脱欧、日本首相大选的结果、东京都知事选举的结果。

所以,特朗普也一定会当选美国总统吧,叹气。

不过,最近我决定逆向思考:特朗普绝对绝对会当选。

因为,只要我这样想,结果说不定就会完全相反。

我对力量如此微薄的自己感到些许不耐烦。

游湖

8月9日

说说前阵子发生的事。我带着百合音去了湖边（Grunewald[①]内）散步。

关于格吕内瓦尔德，我早已听闻它的名声，虽然一直想要前去看看，但又不知那儿究竟是个什么样的地方，所以迟迟下不了决心。

据说，那里是宠物犬的乐园。

有一回，我偶然去一家日本餐厅吃饭，老板介绍了一位女

---

① 格吕内瓦尔德，柏林域内的一座森林公园。

性朋友给我认识,说她曾在柏林修过驯犬师的课程。之后,我便与她相约一同前去格吕内瓦尔德。

坐在飞机上俯瞰柏林,满城的绿意让我惊讶万分。
可以说,柏林的郊外遍布森林,格吕内瓦尔德也位于林区。
这让喜爱在林间漫步的我比百合音还要兴奋,甚至也想不停地摇尾巴。

我们在林中走了一会儿,来到湖边。
眼前的风景让我有片刻的失神。
人与狗在水边愉快地玩耍。
有的狗狗甚至在湖中游泳。
狗狗之间互相泼水,闹成一团,一旁的主人则悠闲地晒着太阳。
没错,这里的确是宠物犬的天堂。

每逢周末,家里养狗的柏林人常常带着爱犬前来格吕内瓦尔德。

也有人以此为业，专程上门拜访宠物犬的主人，领着他们的宠物犬来这里散步。

无论是狗狗，还是主人，看上去都那样幸福。

百合音见到这么多同伴，全身上下都在昭示着内心的喜悦。

有的大型犬在湖里游了一会儿便回到岸上，任由主人用毛巾裹住身体，可爱极了。

沿湖散步一周，运动量其实非常大。

走到一半时，我解开了百合音的牵犬绳。

我有些紧张，担心它会忽然跑得无影无踪，不过好在它一直乖乖地跟在我脚边。

接受训练时，它的脖子上会一直套着很长的牵犬绳，看来它已经慢慢适应这样的走路方式了。

虽说柏林城内绿树葱葱，但地面上多半铺有石砖。像这样直接踩在泥土上走路，对狗狗而言，是非常舒适的。

每只狗狗的脸上都闪闪发光。

日本也建有供宠物犬游玩的设施，规模却不同。

柏林是一座对狗狗非常温柔的城市。

在这里，我很高兴地看到，即便没有"宠物犬航班"这类特殊的出行方式，狗狗也能十分自然地搭乘电车和巴士，或随主人进入餐馆。

为此，它们必须接受训练，学会绝对不给他人添麻烦。

我认为，重视权利与义务，已然在方方面面化作德国的基本秩序。

对了，当时我们还就狗尾巴展开了讨论，非常有趣。

比如说，在日本，贵宾犬的尾巴都是短短的。

在我对宠物犬一无所知的时候，以为贵宾犬的尾巴天生如此。

其实，它们的尾巴之所以那么短，是因为出生后会被立刻切掉。

并且切掉的理由仅仅是为了好看。

我在德国遇到的贵宾犬，都长着百合音那样可以在身后摇来晃去的尾巴。

百合音的外表很像贵宾犬，尾巴却与日本的贵宾犬不一样。

又比如杜宾犬，它是公认的凶犬代表，但无论是尖尖的耳朵还是极短的尾巴，都是人为改造后的结果。

杜宾犬原本的耳朵大且会下垂，尾巴也很长。

后来，人类给它削耳断尾，为的就是塑造出凶猛的形象。

在德国，明令禁止给杜宾犬削耳断尾。

我曾见过刚出生不久的杜宾犬，因为太过可爱，导致我没能立即认出。

对狗狗来说，削耳断尾无疑伴随着巨大的痛苦。

德国正积极推进相关法规，保障宠物犬幸福生活的权利。

万一出现宠物犬伤人的情况，主人还需要支付巨额的赔偿金，因此，他们通常会对爱犬严加训练。

如果想养大型犬，主人就要参加考试，考试不及格的人则不能养大型犬。

带着百合音外出散步时，我发现，如果有人想抚摸路过的狗狗，首先会请示主人。小孩子甚至会让狗狗嗅一嗅手上的气味，待狗狗放松戒备后，才会去抚摸它的身体。

没有人会突然上前,直接抚摸狗狗的脑袋。

百合音已大致习得了这边的社交规则。

跟我去餐厅,基本会规规矩矩地趴在桌下睡觉。

同别的狗狗打招呼,态度也日渐坦然。看来,它正积极地学习着。

8月15日

莫里尔女士的作品

上周末，我邂逅了她的作品。

当时，我正与从日本来的两位编辑（Poplar 社的吉田老师与幻冬舍的君和田老师）沿着河堤散步。

之前突如其来如同一场玩笑的暴雨终于停了，我们避开路面的积水，往前走去。

不远处的屋子像是一间工作室，堆了不少废旧的物品。

我曾无数次路过它，却是头一回见它开门。我几乎从未意识到，这里还有这样一个地方。

最初留意到它的，是君和田老师吧？

我们的眼前陈列着几件用书页打造的艺术摆件，外观犹如路上的行人。

定睛一看，又有符号和词汇浮现其上。

恰在此时，工作室里出现了一位男子，模样十分温和。

我问他那些艺术摆件都是谁创作的，他说是自己的太太。

我觉得有些不可思议，越看越着迷，好似要被吸入作品的世界中。

不过，当时的我急着要走，并不打算冲动消费。

而且，我最喜欢的一件作品尚未标价。

"你爱给多少钱就给多少钱。"听男子这么说，我反倒更加为难了。

见我纠结不已，他便将太太的邮箱地址告诉了我。

接下来，我与莫里尔女士通了好几封邮件。

几天后，莫里尔女士的工作室对外开放了。

正值暑假,她的两个孩子也来了。

现在回想起来,他们既然说过一家人都住在柏林市郊,那么一定是为了我,才特意开放了这间工作室。

莫里尔女士本人正如我所想象的那样,是位娴静、谨慎的女性。

我觉得,正因为她是这样的人,所以做出来的作品效果才这么好。

她告诉我,这些摆件的制作过程很简单,就是把书页通通折叠起来而已。但我仍旧一头雾水,完全搞不懂那些书页是怎么变成这样的。

"就像折纸。"她说。

Meditation,她用了"冥想"这个词来阐释自己的创作,给我留下了深刻的印象。

经过一番苦苦思索,我买下了三件作品,"HOPE(希望)"与两只蜂鸟。

我打算将"HOPE"送给正与病魔做斗争的卡露纳老师,两只蜂鸟送给如今正让我们借住在她家、对我照顾颇多的盖勒女士。

对了,当时莫里尔女士说店里没有袋子,便借了她亲手缝的黄色手提袋给我。

这想必是她为自己的孩子缝制的。

为了归还手提袋,我带着企鹅与百合音,于上周六再度造访了她的工作室。

企鹅完全被莫里尔女士的作品吸引了,当场决定为他们的录音室定做一块屋号。

柏林住着一大群艺术家,真是令人开心。

像这样,能够遇见发自内心去喜欢的作品,又是多么幸福。

8月22日

拉赫玛尼诺夫之夜

青年欧洲古典音乐节开幕了。

每年这个时候,音乐节便准时在柏林开幕,这是一场管弦乐版的奥林匹克盛会。

这段时间,每天晚上都有不同国家的青年管弦乐团代表祖国上台演出。

会场布置得别有风情,门票也不贵,在这里享受管弦乐最适合不过。

昨天出场的,是拉脱维亚的管弦乐团。

青年欧洲古典音乐节我已来过许多次，却是第一次欣赏拉脱维亚管弦乐团的演出。

而且，当晚的曲目是拉赫玛尼诺夫的钢琴协奏曲。

他们首先演奏了第二协奏曲，接下来是休息时间，之后继续演奏了第三协奏曲。

两首曲目分别由两位钢琴家弹奏，是非常独特的呈现方式。

演奏第二协奏曲的钢琴家充满力量，情感饱满，魄力十足。

相较而言，演奏第三协奏曲的钢琴家身材清瘦，衣饰华丽，犹如纤薄的玻璃杯。

第二位钢琴家起初给人魄力不够的感觉，但随着演奏的推进，他的力量逐渐增强。曲终的一瞬，钢琴家也仿佛用尽了最后的力量。

"倾尽全力"这个词，形容的就是那样的场景吧。

两位钢琴家都很出色，会场上的掌声不绝于耳。

回家后我查了查，两人都是足以代表拉脱维亚的钢琴家。

我只能用"精彩"一词来形容拉脱维亚管弦乐团的演出。

拉赫玛尼诺夫的钢琴协奏曲饱含强烈的喜怒哀乐，其中有疾风骤雨，也有熏风习习；有电闪雷鸣，也有繁花盛开。他们用音符完美地诠释了这一切。

作为拉脱维亚的粉丝，这场出色的演奏会令我倍感自豪。

拉赫玛尼诺夫一定也在遥远的天国中听着，脸上挂着心满意足的微笑。

最近，柏林的天气不太稳定。昨天回家的路上，下起了倾盆大雨，冰冷的雨水连同拉赫玛尼诺夫之夜一道，成了我记忆中的风景。

到家后，我们用柏林的白葡萄酒，为拉赫玛尼诺夫和拉脱维亚的管弦乐团干杯。

柏林的旅居生活还剩下最后半个月。

我们也结束了又一次搬家，如今住在普伦茨劳贝格区的古老公寓里。

9月1日

言语的障碍

今天的晚饭是土豆炖牛肉。

差不多到了必须根据冰箱里的剩余食材来决定菜单的时候了。

留在柏林的日子进入倒计时。一周后,我将回到日本。

来柏林这么久,我还是第一次为语言不通所困。到如今才察觉这个问题,也许有些好笑,不过在此之前,我的确没有意识到。

那段时间,哪怕不懂德语,我也过得很快乐。

去商店购物时,我能用英语清晰地表达自己的核心需求,如果对方听不懂,我便辅以肢体语言,这样基本不会遇到问题,生活中也没有任何不便。

然而，这些场合不一样。大概，不，应该说一定，是我带着狗狗的缘故。

带着百合音在外面散步时，经常会有人上前搭话。有像我一样带着爱犬散步的主人，也有路过的陌生人。

我认为他们绝不会与我聊很复杂的话题。

他们一般可能会说："你家狗狗是男孩还是女孩？""真可爱呢！""今年几岁啦？"诸如此类。不过，就连这么简单的句子我都听不懂，还真是很没用啊。

在这种情况下，如果我能完全听懂并做出恰当的回答，一定能让双方都很愉快。可惜，现在的我，只能费劲地用德语挤出一句："我……不会说……德语。"而这已是我的极限。

于是，对话便会戛然而止。

有过几次类似的经历后，我迫切地希望能够学会德语。

真是的，竟然要到这种时候才察觉到语言的问题。我对自己简直无话可说，但也无可奈何。

这个发现，好歹也是这些失败沟通中最大的收获。

就这样，我开始一点点地学习德语。

真的只是一点点地学习。

当前我的目标是，能够顺利跟德国人进行日常对话，遛狗时也不必再烦恼。

现在的我连与蹒跚学步的幼童聊天的能力都没有，想想就觉得悲伤。

要是我能够重回幼儿时代，熟练地掌握德语，该有多好。

还要等多久，我才能用德语与小朋友、老奶奶和老爷爷聊天呢？

话说回来，如今我们借住的寓所，日用品非常少。

住在五个男孩家里时，不仅房间宽敞，而且炊具齐备。现在的情况完全相反。

锅只有两口，一口必须用来烧水。无奈之下，我买了一只电热水壶。

房子的主人大约是位素食主义者，家里连平底煎锅都没有，于是我又被迫买了一只平底煎锅。

说到素食主义，大约有百分之十的德国人坚持每日只吃蔬菜，不吃肉。

寓所附近有家专供绝对素食者买菜的超市，里面设有咖啡店，装潢时尚，理念也是绝对的素食主义。

说起德国，一般会想到吃肉，这是它给大众留下的普遍印象。或许是为了反抗这种传统，如今，有相当一部分德国人过上了吃素的生活。

由于寓所的附近没几家餐馆，因此搬来这里后，我几乎每天都要做饭。

果然应该带上自己平时惯用的菜刀。

虽说鱼是高级食材，这边的人很少吃，但除了鳗鱼，我本来也没那么想吃其他的鱼。

相比之下，我倒是更馋浸满高汤汁的关东煮。

此刻，光是看到"鳗鱼"两个字，我便垂涎三尺。

另外，我还想念一些根茎类蔬菜。

比如牛蒡、莲藕，等等。

回国之前，我得尽量遗忘这些食物的存在。

9月5日

数次试炼

柏林昨日入秋。

我向来会选在这时回国,却依旧对季节的轮替感到惊讶。

季节犹如被摁下了开关,以某一天为界,夏去秋来。

周六的晚上,人们在户外享用美食,玩至深夜,一定是因为明白这是今年夏天的最后一天。

从昨天开始,外出时,大家无一例外地穿上了秋装。

接下来的日子,柏林会变得越来越冷,无可奈何地迎接昏暗的季节。

毫无疑问,那将会是身心都非常难挨的一段时间。

这次的旅居生活是对我的试炼。

在此之前，我很少有糟糕的体验。而今年夏天，无论是好事还是讨厌之事，我都经历了许多。

比如，寓所忽然有便衣警察登门。遇见了态度极其恶劣的店员。寓所的地板倾斜了，破坏了心情。

还有，去见神交已久的朋友，我却搞错了地点，去了同一条大街上有着相同名字的另一个地方（柏林有东西之分，偶尔会遇到这样的情况），害对方久等。

之所以会有这些经历，或许是因为我渐渐习惯了柏林，活动范围也随之扩大了。

迄今为止，我脑海中的"柏林"，也不过只是现实中的一小部分。现实中的柏林远比我想象的宽广，住着各种各样的人，其中当然也有心眼很坏的家伙。

想要每个人都对自己友好是不可能的。贫富差距如此之大，危险的地方也是真的危险。

柏林给过我数次试炼，每次都像在探问我：即便如此，你依然喜欢这里吗？而我的回答是：是的。

经历了大大小小的考验,我仍旧觉得,柏林是一座美好的城市。

这次来柏林,我遇见了许多生活在当地的日本人,是很大的收获。

大家在各自的领域稳扎稳打。

待会儿我们便将出发前往泰格尔机场。

刚才我煮了最后一点米,将仅剩的腌萝卜切丁,混在一起做成了饭团。等飞机从慕尼黑起飞后就吃吧。

明明即将搭乘的是国际航班,却不知为何,有了将要远足的心情。

9月10日 还记得吗？

终于能在晚上睡个好觉了。

刚回国那会儿，不知为何，我总会在深夜一点醒来，辗转反侧直至天明。这种状况持续了好几天。

日本时间的深夜一点，大约相当于德国的傍晚，真不明白自己为什么会在这个时间点苏醒，可能是搭乘了国际航班的缘故，体内的生物钟乱了套。

再这样时差颠倒下去可怎么办呢？我不安地想，好在后来并无大碍。

对了，在返程的航班上，百合音睡得很香。

飞机起飞时，我担心它害怕，特意观察了它的表情，谁知它平静地躺在我脚边，满脸不屑的模样。

真厉害。

我想，这趟行程过于遥远，对人类的身体都是很大的负担，更何况狗狗。不过，即便如此，我依然庆幸这次有百合音与我们同行。

它与我们一样，在柏林学习、接纳了许多事物。

本以为它早已忘记东京的家，结果在电梯门打开的瞬间，它便活蹦乱跳地冲到了家门口。

看来它记得非常清楚。

不过，"禁止进入厨房"这条规则，我不打算从头教起。

因为在柏林，不管我们住在哪套公寓里，它都可随意进出厨房。没办法，这与当地房屋的设计理念有关。总之，当地就没有禁止宠物进入厨房一说。

然而，这条规则似乎已经渗入了百合音的身体，回来之后，它并没有跑进东京家里的厨房。

健忘的反倒是我，每每都要歪着头思索，咦，那件东西放在哪里了？

出发去柏林前，我新买了微波炉，旧的那台便淘汰了，但就连这件事，我也忘得一干二净。

这三个月来，我的记忆已经彻底重置。

每次回国，无一例外都会面对堆积如山的邮寄广告。

大部分邮件都只能作为垃圾被扔掉。这个需要尽快处理的现实，让我难以招架。

快买快买快买快买，快买快买快买快买快买。

简直就像下咒似的，各路商家纷纷进攻。难道就没有办法避免这种情况吗？

尤其让我厌烦的是，有的公司会在邮箱里放两张一模一样的广告。

虽然每次我都会申请停止投放，但这些邮寄广告依旧没完没了。

真想对他们说，想买的时候我会自己找来买，你们就别管了！

当然，回到日本后，我也经历了许多开心的事。

尤其这次回来，我发现路面变干净了。

在这之前，我一直觉得日本的街道不算干净，甚至还有人随地乱扔烟蒂，看得我目瞪口呆。不过，和柏林的街道相比，日本的就干净太多了。

加上这次有百合音同行，每每外出散步，我都得留心地面上有没有玻璃碎片，压力很大。

柏林人会随意往路上扔烟蒂，也没有养成捡拾自家爱犬粪便的习惯。

其实，这些问题如果得到解决，苍蝇也会随之减少。在我的印象中，德国人向来爱好整洁，然而他们的行为并非如此。

可能爱好整洁归爱好整洁，对于自家与室外，他们的思考模式却是截然不同的。

类似，家里清扫得十分彻底，但室外无论多脏都无所谓。

从这个层面来说，日本人的公共意识还是很强的。

昨天，黄昏时我与百合音出门散步，听见了蝉鸣。

说起来，我还从未在柏林听到过蝉鸣。

市内明明绿树成荫,我却听不见蝉鸣,是因为没有蝉吗?

还是说,其实我已听见,只不过没有意识到?

一定因为我是日本人,才会因蝉鸣而情绪激荡。

对外国人而言,"蝉鸣"这种表达方式并不存在,他们听见的,是"蝉响"。

9月19日

《夫妇潘多拉》

认识企鹅已有二十多年了。

起初我们并不打算结婚,后来发生了许多事,我和他便领了证。

自那以后,又过去了十六年。

现在看来,二十年真是转瞬即逝。

我们的年纪相差很多,成长环境也不同,性格更是天差地别。在我眼里,他与"外星人"无异。

大学时代,在研讨会上,老师曾告诉我们:"最好将男人和

女人看作不同的生物。"这个观点，基本被我继承了过来。

我甚至认为，那种不同，并不局限于"男人和女人"，"人和人"之间亦是如此。

世上并不存在相同之人，因此，人无法完全理解他人。

因为错误地认为对方与自己能够互相理解，所以人与人才会发生争执，甚至发动战争。

正因无法完全理解，才有必要为了理解而不懈地努力，哪怕能产生一丝共鸣，也会感到无边的喜悦。

无论多么喜欢对方，二十四小时绑在一起，任谁都会窒息。即便是夫妻，也需要保持恰当的距离，制造"间隙"。

在极少数的情况下，有的夫妻即便迈入老年，依旧恩爱非常。这是十分幸运的例子。但世间的大部分夫妻，都会在日常生活中相互妥协、彼此欺骗，或者得过且过、与自己和解。

即便如此，他们仍旧愿意在一起，维持夫妻关系。

所谓夫妻，绝不是什么漂亮话，从精神层面讲，有时甚至会沾满血污。

我一边翻阅最新上市的《夫妇潘多拉》，一边思索着这些事。KITCHEN MINORU 先生拍摄的照片与桑原泷弥先生的诗作彼此映衬，格外契合。

这本写真集里，作为被拍摄的对象，我和企鹅也有出场。真的是一本非常棒的书。

另外，我还与古川俊太郎先生共同创作了腰封文案。

最近，听说已婚夫妇中有近半数的人都离婚了？我尚未有此经历，不过看看周围的人就知道，离婚着实损耗精力。

人都会犯错，这是无可奈何的事。因此我想，不如不要仓促结婚，大家从同居开始，设定"试婚期"，说不定有些用处。

另外，没有小孩的话，离婚只是夫妻双方的事，但有了小孩，情况就不同了。

依稀记得内田树老师曾这样写道："最近离婚的人很多是这么个情况，好比你去买自行车，本来打算买五挡变速的车，到手后却发现只有三挡，于是便要求退货。大家就是因为这种理由跑去离婚的。"看完这段话，我深表佩服。

无论是离婚了还是没离婚，夫妻关系上的差异并不会很大，区别只在于有没有一纸婚书。

与《夫妇潘多拉》几乎同时送到我手上的，还有法语版的《虹色花园》。本书能被译成法语和意大利语出版，我深感荣幸。

与他人生活在同一屋檐下，绝不轻松，只因依旧感到幸福，关系才能得以维系。

比如，一起吃酱汁乌冬面时的幸福。日子亦是顺着这些微小的幸福，慢慢经营出来的。

希望今后打算结婚的年轻人看看《夫妇潘多拉》。

婚姻生活时而如同修罗场，时而也有幸福与希望。

10月2日

是周日哟!

进入十月,天空终于有了秋日的模样。

这段时间,东京似乎一直都是好天气。

从今天开始,我会在《每日新闻》的周日版上连载散文,每周更新一篇。

专栏名为:是周日哟!

今年夏天,我在柏林留意到了一件事:柏林人安排日程,很多时候会说周几,而不是具体的日期。

比如约朋友见面，他们会说："那么，下周五见。"预约餐厅，他们会说："这周六有空位吗？"大致如此。

也就是说，对他们而言一周之后的事，不必排进日程。

在同样的情况下，日本人则习惯说几月几号。

工作洽谈往往会提前几个月就安排妥当日期，看样子，我是时候准备明年的日程本了。

我喜欢日程本上空荡荡的一片。

预约事项写得太满，我会看得喘不过气。

我也不习惯被截稿日期追着跑，所以连载经常半途而废。

我这样的性格，居然开了周更专栏，真的没问题吗？

想想便已心如擂鼓。

对我来说，周日意味着寿喜烧。

孩提时代，寿喜烧是专属于周日的美味。

记忆中，我曾一边看着《笑点[1]》，一边"砰砰"地敲碎鸡

---

[1] 日本电视台于1966年开播的传统演艺类综艺节目，固定在每周日下午播出。

蛋,伴着蛋液吃寿喜烧。

因此,前些天,当我看到企鹅在工作日买回了做寿喜烧的肉时,便有些耿耿于怀。

为了避免浪费,我们还是在工作日吃了寿喜烧,但那顿寿喜烧始终只有工作日的味道,总感觉少了兴高采烈的劲头。

我坚持认为,寿喜烧就得在周日吃,在别的日子吃,会缺乏那种氛围。

至少在周日,请大家忘掉工作,望着天空发发呆吧。

栗子饭

深夜，不知从何处忽然传来"嗡"的声响，等了一会儿依旧没停，我只好从床上爬起来，走出去一瞧，竟是扫地机器人开始工作了。

我问企鹅是不是他干的，他说不是。

确定也不是百合音干的后，我想，看来扫地机器人是自己启动的。

人工智能？灵异现象？真是不可思议啊。

一想到明晚可能发生同样的事情，我便感到毛骨悚然。

连休的这段日子，发生了另一件神奇的事。

我新买了双拖鞋，因为有气味，所以放在晾晒台上散味。

然而，早晨起床后，我发现其中的一只不翼而飞了。

也不知是被风吹跑的，还是被乌鸦叼走的。

我感到头痛。这双拖鞋是我特意买的，现在竟然不见了一只，该怎么处理剩下的那只呢？

连休第一天，我煮了栗子饭。

在我的菜单里，若论"爱吃不想做"的料理代表，非栗子饭莫属。

为栗子去皮，实在费劲。

加上企鹅并不怎么喜欢吃，因此哪怕是在秋天，我也不再做了。

不过，我发现了一个好东西。

去皮栗子。

是商店街蔬果店的老板娘亲手剥的栗子，一颗一颗仔细去了皮。

她说，自从有了这个，带壳的栗子都没人买了。

我可太理解了。

看着老板娘黑黢黢的指尖，我的内心充满歉意，但是托她的福，今年我们又能吃上美味可口的栗子饭了。

连原先对栗子饭不屑一顾的企鹅，也吃得津津有味。

感谢蔬果店老板娘。

去皮后的栗子，即使放进冰箱冷冻室，也不会变味。我决定下次多买一些，冻在冰箱里，为年节菜做准备。

我做栗子饭，用的是整颗的圆溜溜的栗子，煮时加入日本清酒与食盐，煮熟后滴入少许芝麻油提味。

加了芝麻油的栗子饭，即使冷掉也不会丧失水分。

今天做了煮羊栖菜。

在柏林，找不到这道料理的其余配料时，我就只放羊栖菜，在起锅前加入大量核桃，滋味反倒很爽口。

从那时起，我决定今后煮羊栖菜必放核桃，也就是最后用核桃拌一拌罢了。

加一大勺煮过的羊栖菜在热乎乎的米饭上,做成羊栖菜盖浇饭会很好吃,或者搭配面包也不错。

另外,这道菜拌着煮熟后冷却的荞麦面一起吃,口感类似冷意面,美味极了。

还可以在面里放点橄榄油和海苔。在柏林时,我究竟吃过几回这道羊栖菜荞麦面呢?记不清了。

真是食欲之秋啊。

10月26日 《希特勒回来了》

上周终于去看了电影《希特勒回来了》。

阅读原作的时候,我就很好奇,不知电影会拍成什么样。看完后,感觉远比想象的有趣。

这个故事的构想十分奇特,讲的是希特勒穿越时空,来到现代德国后的一系列奇遇。

然而,没人相信他是真正的希特勒,他以一名脱口秀艺人的身份,接受了众人的喝彩。

电影中有些街拍的场景,由于没有预演,因此记录下了行人看到希特勒（演员）后的真实反应。

据说这就是拍摄的现场之一。而我感兴趣的是，德国民众究竟是如何接受这部电影的。

因为在德国，关于希特勒的一切都是敏感话题，电影的处理方式必须非常谨慎。

听说有孩子仅仅因为模仿了一下希特勒打招呼的动作，就遭到了退学的处分。为此我有些担心，或许电影将其作为一个玩笑来处理，并不妥当。

出乎意料的是，至少在影院里，观众给出的反馈都是正向的，还有人将当下的难民问题与当年的悲剧联系在了一起。

当然，这与影片的剪辑方式不无关系。

总之，故事的内容发人深省，趣味与恐怖各占一半。

我想，能够保障这类电影的自由创作，是德国的一大优点。

说真的，日本能够拍出类似的电影吗？

日本人呢，包括我在内，每当想要阐述自己的意见的时候，便会忍不住瞻前顾后、察言观色。

但德国人绝不会这样，他们会直视前方，口齿清晰地表达观点。

无论是想法多么极端的人，都有发表自己见解的权利。

我觉得，这是非常棒的事。

电影看至一半时，我还担心这个充满娱乐气息的欢快故事不好收场，最后发现结局相当精彩。

希特勒就住在众人心中。这么说虽然有些可怕，但我认为它就是事实。

不过，希特勒在用枪打死狗狗的同时，也一下失去了民心。我对这个细节的处理，十分认同。

的确是符合德国人价值观的视点。

对目前的我来说，想要不依靠字幕便看懂这部电影，还是很有难度的。

能够理解其中的某些单词，我已经很开心了。

眼下我正在读的书是《奥斯威辛的小图书馆员》。

奥斯威辛集中营里有座不为人知的图书馆，仅有八册藏书。

担任图书管理员的,是年仅十四岁的少女蒂塔。为了保护这些书,她冒着生命危险,将书藏在衣服下面。

故事是根据真实事件改编的。

锅的逆袭

我家的文化锅到了该退休的年龄，于是，我又买回了一只相同款式的锅。

算起来，旧的这只我用了将近二十年。

除了煮饭，我还会用它烧菜、焯水，是一只能经常派上用场的锅。

盖子某处坏掉后，我也懒得修理，一直凑合着用。

但是，差不多到时候了。

我打算迎接新锅回家，旧的这只下次带去柏林。

我惊讶地发现,新旧两只锅放在一起,外观的差别还挺大的。

再次感谢旧锅勤勤恳恳地劳作了这么多年。

正巧今天收到了原木朴蕈,加上山形本地产的新米也到了,我们便决定用新锅煮饭。

最近,煮饭都是企鹅的任务。

企鹅将新米倒进崭新的文化锅,再点火开煮。

在饭煮好之前,我煨了一些酒,就着美味的原木朴蕈,暖暖地喝了一杯。

之后关火,进入焖饭的阶段。

今晚的小菜是自制的味噌腌猪肉。

为了搭配热乎乎的米饭,我算好时间,开始用平底锅煎肉。

到这步为止,一切顺利。

然而,当我们欢欣雀跃地迎接刚刚煮好的新米时,发现锅盖竟然揭不开。

盖子与锅身紧紧贴在一起，无论我们摁还是扯，它都毫无反应。

哪怕用木槌"砰砰"地敲打，它也纹丝不动。

企鹅觉得只要将盖子冷却，就能利用热胀冷缩的原理揭开它了，便放了制冷剂在上面。

但是依然不行。不管我们是从下面冷却，还是从上面淋水，都毫无用处。

"说起来，以前好像也遇到过这种情况啊。"他说。但那毕竟是十几年前的事了，当时究竟是怎么打开的，他也已记不清了。

不过，与十几年前不同的是，在互联网普及的今天，我们随时都能上网查询各种信息。

企鹅迅速输入关键词"文化锅""盖""打不开"，很快在相关网站找到了解决办法。

然后，他瞠目结舌。

企鹅充满自信地实施的"冷却法"不仅完全不奏效，且会弄巧成拙。正确的答案是：将文化锅重新放回火上加热。

就这样，我们先管不着锅里的米如何了，企鹅欲哭无泪地把锅重新放到了火上，且十分担心今后再也没法用这只锅了。

我已经干脆地放弃，将原本打算给百合音吃的剩饭热热吃了。

果然，自家做的味噌腌猪肉就是好吃啊。

就在这时，我的耳边传来了"打开啦"的喊声。

感觉企鹅已经很久没有发出如此响亮的声音了。

不错，看来今后又能继续使用这只文化锅了。

因为加热的时间过长，锅里的米饭变得干巴巴的，毫无新米的"醍醐味"，不过，吃起来依然美味。

话说回来，真没想到锅盖这么难开……

如果是老一辈的人，恐怕除了火冒三丈，什么也做不了。

以前我只听说过，打算换电脑的时候，心情会不好，原来换锅也会有类似的情况吗？

虽然明知是内外气压不同导致了锅盖难以揭开的情况，但这盖子未免也太顽强了。

11月2日　霜月

我穿上厚厚的冬装,带着百合音出门散步。

啊,好冷。

回家的路上,我们顺道去了邻近的面包店,买了一瓶红葡萄酒。

家里存了许多白葡萄酒和起泡葡萄酒,红葡萄酒一瓶也没有。

不过,今天我却想喝红葡萄酒。

我看看钱包,出门时只带了一千多日元,买不了澳大利亚产的,于是选了智利的红葡萄酒。

加点蜂蜜和香料,加热来喝也不错。

洋食小川

今天企鹅不在家,我一个人吃饭。

到家后,我立刻开了红葡萄酒,搭配榛子和烤栗子享用。

然后,我将前些天买的面包和冰箱里的冷冻杂粮汤分别加热了一下。

没有任何准备就很棒的一餐,真好。

吃饭时,我挑了 Slava[①] 的歌来听。此刻也是。

---

① 日文名为"スラヴア",此为罗马音。

每当听到 Slava 的歌声，我就感觉，啊，是冬天了。

神奇的是，天气闷热时，我便一点也不想听 Slava 的歌。

很久之前，我去看过 Slava 在日本举办的圣诞演唱会。

他的歌声响彻灵魂。

或许，Slava 是为唱歌而生的。

为了唱歌，他献上了自己的一切，无论是身体抑或是人生。

像这样听着歌，任时间缓慢流逝也不错。

天虽然冷，但还不到开暖气的时候。此刻，炉子上正咕嘟咕嘟地煮着豆子。

我买了新鲜的花豆，打算做成甜纳豆吃。

最近做了以前从未做过的食物，比如煮渍金针菇和柚醋。

曾被我认定无法在家自制的煮渍金针菇和柚醋，做起来其实非常简单。

我抱着试一试的心态做了煮渍金针菇，没想到意外地美味，于是，企鹅又买回了很多金针菇。

金针菇是平民的伙伴，只需一包，就能做出分量十足的煮渍金针菇。

洋食 小川

搭配刚煮好的新米,十分下饭。

从前我总以为柚醋只能买现成的,其实只要备齐原料,做起来也不会很麻烦。

这回,住在大分县的朋友送了我一些香母酢,我便用来制作柚醋了。

此时,柚醋已被我放进冰箱等待发酵了。

今夜非常适合听 Slava 的歌。

偶尔独自享受这样的夜晚,也很惬意。

这个季节,我已为预防花粉症做起了准备。

至于管不管用,不大好说。

11月5日 BUTAKAN

错觉一

企鹅最近不停地唠叨"Butakan[①],Butakan",我本以为他是在说"猪肉罐头",其实不是。他口中的"Butakan",是"舞台监督"一词的省略语。

这种省略造词法,我向来不大喜欢。

错觉二

夜里,我刚上床躺下,便听见企鹅带着一丝怒气说:"以后

[①] 日语名为"ブタカン",此为罗马音。

别放柿种进去了。"

他大约是在抱怨我往垃圾处理器里倒了柿种①？

然而，我并没有倒。

"不是我，我有什么必要把柿种倒进去啊？"

总觉得我们的对话牛头不对马嘴。

我记得前几天，企鹅买了些柿种回来，我以为他指的是这个。

没过一会儿，我忽然反应过来——不对，不久前我的确剥了柿子，那时我顺手将残余的柿子核倒进了垃圾处理器。

真是难以分辨啊。

对了，我听说，在国外的机场接受入境审查时，有人被问及携带的零食是什么，于是将柿种按字面意思解释成了"柿子的种子"，最后没能入境。

我也必须注意才是！

虽说日子过得还算用心，但不知为何，眨眼间便迎来了

---

① 源于日本新潟县的一种米制零食，一般用大米或糯米制成，状如柿子的种子，日语写作"柿の種"。

生日。

我终于年满五十了！听我这样说，大家往往会发出"咦"的一声，满脸意外。

不过是将年龄往大了报而已，事实上，我并不觉得四十三岁与五十岁有多大的区别。

几年前，有次当被问及年龄时，我竟一时语塞，没能立刻作答。

或许是因为我一点也不在意年龄，所以反倒记不住。

真希望自己快些满头白发，现实却很难如愿。

明天我将出发前往意大利。

为配合《虹色花园》意大利语版的出版，我受邀前往意大利接受采访。

难得去一趟米兰，本以为可以悠闲自在地安排行程，谁知必须快去快回，根本没机会喘口气。

采访时答不上来问题就惨了，于是昨天和今天，我一直在重读《虹色花园》。

与泉、小猪口、草介，以及宝等角色来了一次久别重逢。

作品一旦写完，变成一本书，就会立刻被我遗忘。

若非如此，我便无法进入下一部作品的创作。

这并非我自夸，因为人的脑容量是非常有限的。

有时候，我甚至会连自己作品中登场角色的名字都忘得一干二净。

最近，在美国，特朗普竟然真的当选为下一任总统了。

倘若歧视与偏见会在不久的将来大行其道，我会感到很烦躁。

眼下，唯有祈祷这样的氛围不会扩散至全世界了。

我出发了。

11月24日　文学祭

清晨开始下雪。而且下得不小。

从窗边望去，雪景固然美，但对上班族与学生来说，下雪天却意味着不便。

本以为我在米兰已经率先感受了冬天的威力，没想到今日的东京比米兰更冷。

百合音紧紧地裹着毛毯，蜷作一团，躲在被炉里"隐居"。

它真的和猫咪很像。

虽然在米兰只逗留了短短数日，但是我过得非常愉快。

我的行程是根据米兰文学祭安排的,听说米兰各地都在举办丰富多彩的活动。

在此期间,我接受了《虹色花园》意大利语版的相关采访,也录制了广播、电视节目,三天时间转瞬即逝。

平时在日本,我鲜少有机会认识同行,而在外国的文学祭上,不仅可以遇见他们,还能聚在一块儿聊天。

这次结识了来自印度、法国和意大利的作家。印度和法国的两位作家,与我在同一家出版社出版了各自作品的意大利语版。之后,我们与出版社的社长、诸位编辑共进晚餐。

所有人中，要数来自法国的某位女性作家最有魅力。

听说她在阿拉斯加旅居了十年，结合现实经历，创作了一个关于渔夫的故事。如今，她住在法国的乡下，从事养羊的农活。

她的手掌粗大而结实，我忍不住想，啊，真想读读这个人写的故事。

聊天时她告诉我，自己也想在日本出书。那么，有谁愿意帮她出版吗？

说起来，米兰人打扮得真时尚。路上的行人，不论男女，都很会穿衣服。

我抽空去附近的街道溜达了一圈。大家身上的饰品和衣服都闪闪发光，十分惊艳，不过没有一件适合我穿。

对了，在米兰，我看见连狗狗们都穿着衣服，不禁松了口气。我在德国没见狗狗穿过衣服，在意大利倒是偶尔能见到。

若论狗狗与人之间的亲密感，意大利和日本颇为相似。

跟别人聊起在意大利的见闻，以企鹅为首，大家都会异口同声地表示:"这回大饱口福了吧?"

回想起来,逗留意大利期间,我的嘴巴似乎就没停过。当地的食物的确好吃,可我的肚子也撑得难受。

晚餐一般从八点半或九点开始,因此,即便是早晨,也不可能腹内空空。原来如此,难怪意大利人的早餐不过是几口甜品。

德国人也是这种吃法。仔细观察会发现,欧洲人是在早中晚三餐中,分别摄取蔬菜、碳水化合物与蛋白质的。类似早餐吃蔬菜沙拉,午餐吃意面,晚餐吃肉或鱼类。

日本人则习惯每餐均衡地摄入各类营养物质,但如果在欧洲也这么吃,那么每一餐的量是很惊人的。

最近在外面的餐馆点餐时,我也会学着欧洲人的样子,一顿只点一盘菜。一盘的分量也很足,每回我都吃得饱饱的。

我本以为雪会一直下,谁知刚才便停了。家家户户的屋顶,变得一片白茫茫。

昨天,企鹅买回了新鲜的鳕鱼,今晚我们打算吃炸鱼薯条。我在面里加了啤酒,做成了一道英伦风十足的料理。

百合音仍旧蜷作一团。

11月29日 所谓父亲

百合音的肚子发出了"噼——噼——噼"的响声。

从上周五开始,它就闹肚子了。

它在幼犬期也因为狗粮不合胃口而闹过肚子,成年后,在我印象中基本没再出现过这种情况。

它的优点向来是怎么吃都不怕搞坏肠胃。

病因不明。

上周五下午我便出门了,企鹅也决定在外面吃饭,对百合音来说,这次独自在家的时间有些长。

不过，时长仍在一般范围内，不算特别夸张。

只是当我回到家时，感觉屋里特别冷。

企鹅在出门前开了地暖，却忘记拉上窗帘了，难怪家里寒气森森。

换作我，如果在傍晚出门，一定会将窗帘拉得严严实实。

做父亲的总是很难留意这些细节。

也许百合音就是因为着了凉才闹肚子的。

我设想过好几种病因，比如独自在家的精神压力、暴食（最近为了让它增重，给它准备的饭比平时多）、捡了不健康的东西吃……却实在没想到是这个。

这两天，它一吃东西就拉肚子，模样十分可怜。

一个晚上要去两三趟卫生间。

每到这时，我就会条件反射般从床上坐起来，企鹅却睡得死死的。

大约这就是父亲吧。

我并非借此机会批评企鹅，他的身体条件天生如此，即便是自家孩子在夜里大哭，他也照样不会被惊醒。

现在痛苦的明明是百合音，何况他自己也有责任，却只会扔来一句"好臭"，让我火冒三丈。

男人怎么能这样呢？我再次开始思考男人与女人的根本差异。

有时我会觉得，那些拥有女性化思维方式的男人很不错。

或许，这类男性能从内在的层面理解女性。

尽管肚子"噼噼"作响，百合音却仍有食欲。

在这种情况下，苹果或纳豆对它来说比较好消化。吃着最喜欢的苹果和纳豆，百合音开心极了。

我一如既往地带它外出散步，就当转换心情。

今天傍晚，我穿着厚厚的衣服，带着百合音出了门。

才四点半，天色已经暗淡下来。

我们在桥边偶遇了柴犬"小垠"。

它的主人夸道："衣服好可爱啊，看起来很暖和呢。"我满心以为被称赞的是自己的超厚外衣，谁知她指的是百合音身上的连体衣。

好在我没说多余的话，否则太让人难堪了。

回过头来翻看百合音刚来我家时我为它写的日记，禁不住连声惊叹。

我竟完全不记得了，那时的它，体重只有一公斤。

现在的它已经快到五公斤了。

感谢它平安无事地长大。

记得当时，我还认为给狗狗穿衣服是件不合常理的事，平日也净用狗粮喂它。

如今，我不但会给它穿衣，还会为它做饭。

大约是身体不舒服的缘故，百合音睡觉时紧紧偎在我身边。

有时甚至要我把它抱在怀里。

每每此时，我便能清晰地感受到百合音的心跳。

平日里，它常常会梦见自己在吃东西，最近似乎连这样的梦也不做了。

只是用它小小的身体,拼命战斗着。

希望它能快些好起来。

12月9日

洋食小川

无论是去居酒屋、法餐小店,还是大众食堂,只要发现菜单上有可乐饼,我便会下意识地点来尝一尝。

虽说我也喜欢炸肉饼,但若是非要选一个,我必定会选可乐饼。

没有比吃着热乎乎的可乐饼更幸福的事了。

家里来了客人,我也会做可乐饼。

在我看来,可乐饼是款待客人的菜单里的头牌料理。

不过,在我与企鹅的日常餐桌上,几乎看不到可乐饼。

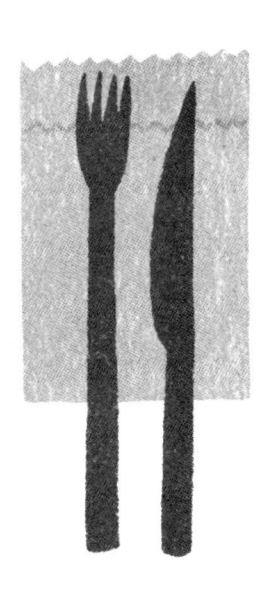

我很少有心情专为自己做来吃。

然而前阵子,我为自己做了一次可乐饼。

那几天百合音正闹肚子,于是,我们一块儿在家度周末。我看了一下厨房,找到还没发芽的土豆。

虽然做成土豆炖牛肉也可以,但是机会难得,我便想做可乐饼来吃。

仔细想想,今年以来,我还一次都没做过可乐饼。

结果那天做出的可乐饼，非常非常好吃。

很抱歉，我又在这里自卖自夸。不过说真的，自己做的可乐饼才是我最喜欢的。

我感到很奇怪，我在做法上并没有别出心裁之处，为什么会这么好吃呢？

非要说的话，大约有以下几点：土豆需要放进烤箱里烘烤；猪肉最好亲自剁成肉馅；土豆烤好后，端出烤箱，趁热碾碎，加入黄油搅拌；炒制猪肉时，要在起锅前放少许白兰地。

我能想到的就是这些。

食材只用到了土豆、洋葱、猪肉，除了盐和胡椒，我并未加别的香料提味。

至于可乐饼的个头，我十分讲究，一般做成乒乓球大小。

这样就可以确保外层的面皮口感酥脆，中间的肉馅松软入味，似乎无论做多少都吃得下。

可乐饼果然很美味呢。

因为最近长时间待在家里,所以我也试着做了南瓜布丁。

尽管是第一次做,却很容易便做成了。

可乐饼配南瓜布丁,莫名有种洋食屋的感觉。

对了,百合音已完全恢复了健康。

再次变回了平日里贪吃的百合野牛。

让大家挂心了!

12月19日 — 写作这件事

为什么会这样,为什么会这样?十二月为什么过得这么快?!

看着今天的日期,我大吃一惊。

明天居然就 20 号了,简直是在开玩笑。

首先与大家分享一个好消息。

《山茶文具店》第五回入选了静冈书店大奖。

谢谢大家!

我真的真的非常开心。

虽说《山茶文具店》绝不是一个华丽的故事，但仍有读者写信告诉我，想把这本书一直放在书架上。对我而言，这是一部意味深长的作品。

想要读一读接下来的故事。无数这样的声音传递过来。为此，我正在创作续篇。

我自己也很喜欢《山茶文具店》的氛围感，或者说书里的世界，以至于迟迟无法放手，甚至想要再次置身其中。

迄今为止，我的小说都是一册完结的。现在我却觉得，用创作续篇的方式，与大家共同延续一个故事，不也很好吗？

哪怕只有一部作品能随自己老去，也是美事一桩。

前阵子去意大利时，有幸与当地的一位年轻作家聊天。

她二十多岁，作品构思新颖，以未来世界为舞台。

她穿着一身黑衣，手链上镶满骷髅，整个人的气质酷似X-JAPAN[①]。

就是这样一个姑娘，在与我聊天时，问道："小川老师是通

---

① 成立于1982年的日本视觉系摇滚乐队。

过写作在战斗吗?"

她一看便是战士,她也亲口承认,自己确实在"战斗"。

然而,我的回答是:"我并没有在战斗。不如说,我是为了与他人达成和解,才一直写作的。"

于是她说:"跟我猜的一样。"

战斗需要以愤怒为能量。

但是,我希望尽量消除自己体内的怒火。

没有一件事情能够依靠愤怒获得解决。

我大概早已摆脱那种简明易懂的战斗模式了。

不过,我也并非毫无战意。

对我来说,最理想的情况是,我明明在战斗,对手却无法察觉。

因为,如果我明晃晃地挥拳,靠腕力是没法获胜的。

所以我决定,不如趁对方不注意时,迅速用脚将其绊倒,或者面带微笑,端出被自己悄悄下过毒的美味料理。

在我看来,这便是战斗。

要知道,被自己亲口承认的战斗,是无法变成真正的战斗的，因此，我一直对外宣称自己没有在战斗。

或许，这是有点，不，应该说是非常，拧巴的做法。

不过，我的写作与此无关，只要读者能在故事里快乐地旅行，我便心满意足了。

啊，话说回来，今年的经历真是丰富多彩。

从上周五开始，我的泪腺忽然发达得不得了。

得让心变得迟钝一些才好，就像治疗蛀牙时打麻药那样，否则，一不留神眼泪便流个没完。

在我迄今为止的人生中，这个变化算是一件大事。

昨天，为我按摩脊柱的理疗师告诉我，当人感受到强烈的悲伤或愤怒时，体内会生成活性氧，为了去除它们，肝脏会拼命工作。

说完，理疗师继续悉心地为我按摩。

今晚做了煮芋头。

缴完故乡税后,我收到了那边寄来的许多芋头。

若将生芋头直接剥皮,会弄得满手都是汁水,因此,每次在料理芋头前,我都会把它们放进烤箱烤一烤。

今天,我一边处理日常事务,一边煮芋头,可能火开得有些大,芋头变得软软的。

不过,这样煮出来的芋头具有乡村料理的风味,依旧好吃。

12月29日

《将花束献给你》

连续两天在我家附近清清楚楚地看见了富士山。

圣诞节过后,东京的空气日渐清新。

仿佛用过滤纸滤过了一遍似的,让人想要无数次地深呼吸。

这个时期的东京,实在很宜居。

这周以来,我体内的疲倦不断堆积,前天甚至感觉肩膀酸痛。

正月已近在眼前,我却连切鱼糕的力气都使不出来。

如果现在让我去切,很可能会切得乱七八糟。

要么形状各异,要么厚薄不一,结果就是这样狼狈。

原本我是打算做一整套年节菜的,想想还是放弃了。
总之,现在的我很想休息。
不过在此之前,仍旧需要处理一下买回家的各种食材。于是,今天下午,我打起精神站在厨房里。

我将每年都做的五目醋拌改为红白醋拌。
除夕夜的"伊达卷与糸",今年大概率不做。
剩下的黑豆比较简单,总有办法搞定。
明天放在炉子上煮一煮,便大功告成了。
这种时候,即便勉强自己做些什么,也只会适得其反,还是别逞强了。

我费力地削着硕大的三浦萝卜,挑了宇多田光的新专辑听。
越听越有韵味。
每当《将花束献给你》响起时,我都禁不住潸然泪下,难过极了。

作为晨间剧的主题歌来听,往往听而不觉;此刻,当我意识到就是这首歌时,便条件反射般落了泪。

明明经历过那么多痛苦,内心也充满矛盾,她却能将过往凝结为如此出色的作品,实在是很了不起。

这首歌,或许听一百次,我便会流一百次泪。

人生行过漫长的四十年,多少有些重担要背负,有的无法轻易向人诉说,有的令自己懊悔,有的让自己愧疚。

活下去,绝不是一件简单的事。

很多时候都没法如愿以偿。

仅凭自身想法无力解决之事也堆积如山。

唯一的诀窍是咬紧牙关,拼命忍耐。

今天还在想,我要带上百合音,在蔚蓝的天空下散步。
现在,我发自内心地感激百合音始终陪在我身边。
无论是外出散步,还是依偎而眠,所有这些时间,都让我获得了最好的疗愈。
能与企鹅、百合音平安无事地度过一整年,我很幸福。

明年会是怎样的一年呢?
柏林发生的枪击事件令人难过,不过,住在当地的民众表示,就凭那种事,什么都不会改变。
一定是这样的。
一如既往地过日子,才是最为有力的抵抗。

愿大家迎来美好的一年。